王严荣◎著

剑遥
——破茧成蝶

台海出版社

图书在版编目（CIP）数据

剑遥：破茧成蝶 / 王严荣著. -- 北京：台海出版
社，2020.11
ISBN 978-7-5168-2790-1

Ⅰ. ①剑… Ⅱ. ①王… Ⅲ. ①纪实文学－中国－当代
Ⅳ. ① I25

中国版本图书馆 CIP 数据核字 (2020) 第 210313 号

**剑遥：破茧成蝶**

著　　者：王严荣

出 版 人：蔡　旭　　　　　　　封面设计：树上微出版
责任编辑：王　艳

出版发行：台海出版社
地　　址：北京市东城区景山东街 20 号　邮政编码：100009
电　　话：010-64041652（发行，邮购）
传　　真：010-84045799（总编室）
网　　址：www.taimeng.org.cn/thcbs/default.htm
E - mail：thcbs@126.com

经　　销：全国各地新华书店
印　　刷：武汉市金港彩印有限公司
本书如有破损、缺页、装订错误，请与本社联系调换

开　　本：880 毫米 ×1230 毫米　　　1/32
字　　数：151 千字　　　　　　　　印　　张：7
版　　次：2020 年 11 月第 1 版　　　印　　次：2020 年 11 月第 1 次印刷
书　　号：ISBN 978-7-5168-2790-1

定　　价：45.00 元

写给那些在暴风雨中独自面对摧残和折磨的人们

王严荣 边疆教师

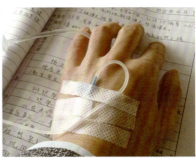

# 序 言

　　这本书是我根据自己十年的山区乡村教师生涯真实的经历编写而成的自传体小说，书中的每一个故事都高度还原了当时的真实场景，为了更好地串联全书，书中的一些故事与真实过往在顺序上做了一些微调，对故事的讲述稍做加工，在不影响大方向的前提下，对原事件进行了一些修改、整合，旨在能给大家带来一次酣畅淋漓的阅读体验，并从中获取力量。

　　书中出现的每一个角色都真实地生活在我身边，是我的亲人、师长、学生、朋友、同事、恋人等，他们都是一群可爱的人。

　　本书中附有涉及事件的图片，只为更加真实地给大家展现一个有生命力的故事。

　　另外，在本书之外，还有涉及事件的真实视频（如山里文艺队的挂牌、六一节和孩子们举行活动、我的演讲等）有兴趣的朋友们可以去关注。由于年代久远，当时条件有限，一些视频十分模糊，望大家包涵。

　　祝大家都能找到永恒的人生真谛，在平凡的岗位上做出不平凡的业绩！

# 目 录

## 第四章　果统——燃烧激情 /141

## 第五章　我的演讲 /191

# 第一章 毕业季

# 应 聘

2010 年 6 月：

六月的大学校园如同金秋时节的田野，所有的毕业生忙得不可开交，论文答辩、最后的聚会、做离校准备……在把学士服礼帽抛向天空放飞自我的同时，内心也都在筹划着自己的前途——想考公务员或读研深造的同学寸步不离图书馆，埋头苦读；想当老板的同学四处考察项目，筹款创业；想在繁华城市的各大企业当白领金领的同学便简历四射，希望找到心仪的"东家"……同样二十出头的我，早已无心继续求学，不怎么富裕的家庭条件更让我对筹资创业望而却步。父母对我最大的期望是找一份稳定的工作，最好能当一名老师，而我，希望自己能在繁华的都市竞争激烈的公司里有一番作为。

我自小是个听话的孩子，父母的愿望是不可违背的，临近离校的前几天，我报考了一个边疆县的小学教师，本来也没有多大的兴致去当老师，之后的几天，也没太在意考试的结果。

自己的内心，迫切地希望能在繁华的城市里大展拳脚，闯出一片属于自己的天地。

六月下旬的某个周末，我和最要好的同窗好友力约了其他几个同学，信心满满地向这个地区最繁华的工业城市驶去，我们将要参加这里举办的一场隆重的年度招聘会。

车如流水人如梭的闹市区让我们激动不已，我们选择了一家所有人都梦寐以求的公司面试，这是这座城市数一数二的豪车 4S 店，今天来这里应聘的人更是排起了很长的队，面试官是这家公司的高管和精英，应聘流程比我们想象的正式和烦琐，这样的大场面之前我是从未遇到过的。最先进去的陌生的应聘者们几乎都垂头丧气地走了出来，但平时看起来内向斯文的我内心却是激动的，对这次应聘我怀着十足的信心。

轮到我上场了，虽然有点小紧张，但也掩盖不住我发自内心的自信，我步履均匀地走进庄严的考核办公室，脑海里清晰地呈现着大学课堂上学到的公共社交礼仪细节，泰然自若地在面试官面前站直，恭敬地把简历用双手递给礼仪人员，并友善亲切地向所有的面试官问好，然后简单介绍了自己，同时，目光柔和谦虚地望向每一位面试官。这时我才发现，面试官一共有 7 人，最中间的是位五十多岁的长者，面容祥和头发梳得很整齐，感觉级别很高的样子。最边上的两位年轻女人，穿着正装，很干练，手里拿着笔和文件，我没猜错的话，她们应该是公司的精英代表。坐在长者旁边的几位中年男人精神抖擞，目光犀利，三四十岁左右，我想他们应该也是这里的高管吧！

心里分析着眼前的这七位前辈，也在盘算着如何应付他们的问题。这时，长者客气地请我坐下，我恭敬地回应他并轻轻地挪动椅子，不慌不忙地坐下，并保持学生上课时的正襟危坐，双手规规矩矩地放在桌子上，目光友善并自然得体地与每一位面试官对视……每一个细节我都用尽全力去做到最好，生怕遗漏了什么给他们留下不好的印象。

最中间的长者非常直接，开场就问："如果公司利益跟客户利益之间产生冲突，你该维护谁的利益？"

他停了一下接着说："这个问题我刚才也问过一些人，但目前为止没有一个答案让我满意，我希望你好好思考一下。"

我揣摩着他想要的答案心想：如果我回答维护公司的利益，那他会反驳我——顾客是我们的上帝，解决不好客户的问题公司靠什么生存呢？如果我回答维护客户的利益，他也会反驳我——经商以营利为目的，连公司的利益都维护不好，自身又如何发展呢？我知道这是一个"陷阱"，弄不好会陷入哑口无言的窘境。

此时，我的内心其实已经有了他想要的答案，若有所思而神态自若地答道："公司最大的危机是自身软实力的欠缺，最大的挑战是同行间的竞争，而不是与客户去争利益。公司利益与客户利益乍一看有矛盾，但细细想来你会发现二者相生相辅并不冲突，打个比方：公司把优质产品以合理的价格卖给客户，并为客户提供完善周到的售后服务，客户用公道的价钱得到我们的产品，并且切切实实地感受到它的品质并享受到完善的售后服务，就会到处宣扬我们公司，这样一传百，百传千……公司打了一次免费高效的广告，得到更多客户，获取更大的经济效益，而客户一次消费便终生享受公司给予的优质服务，内心得到满足，二者互利共赢。客户利益受损很大原因是公司内部出了问题，古人有云：得民心者得天下，自己的员工尽职尽责，工作做到位了，客户又怎会故意刁难呢？利益也绝非金钱层面上的盈亏，更在于文化软实力的较量，就算商客之间出现了那么一点小小的冲突，也必定可以在其间找到一个平衡点，一个兼顾二者利益的点，这个点，会让我们的员工更加用心地对待本职工作，让公司的体系和制度更加完善，从而更好地服务每一位顾客。"

我的回答如行云流水般流畅，逻辑严丝合缝，紧扣主题，普通话标准，表情自然，肢体动作到位，声音清晰柔和却自信得体。我的表现赢得了大家的认可，话音刚落时所有面试官响亮的热烈掌声便是最好的证明。

之前还神色严肃的长者在听完我的回答后不由自主地露出了孩子般满意的笑容，说了简短的五个字："后生可畏啊！"然后示意其他面试官提问。一旁的中年男人问了我一些待遇方面的问题，我向他表明了自己"能者多得，不劳不得"的薪资观，向所有人展示了自己强大的自信。其他几位面试官的问题我都一一给予了高水准的答复。

对我的考核结束后，所有面试官都露出满意、友善的笑容，我以自信和恭谦的姿态回应他们。

为了表示对所有应聘者的尊重，每一位到场者都有面试的机会，近百人的面试一直进行到当天很晚的时候才结束。面试结果却要等他们公司内部高管开会讨论之后才会打电话通知。

第二天，我和一起来面试的几位同学在这座老牌工业城市游玩了一两个小时便匆匆向母校赶去。一路上，我们的话题都离不开昨天的面试。我最铁的哥们力最先开口了："要是能进这家公司，我都不回老家啦！以后在这里找个漂亮的云南妹子做老婆，我保证天天赚大钱，把她养得白白胖胖的！"这位内蒙古小伙此时眼神里充满了对未来的无限向往。

"再生一个'小情人'你的人生就巅峰啦！"胖子老高满脸坏笑，打趣地说道。接着他自己却陷入了沉思，好一会儿才若有所思地继续说："可是，昨天的面试，我的表现并不好，估计被录取的可能性不大，希望只有寄托在你们身上啦！"说完继续无忧无虑地笑起来。可能因为那时的我们都还是一群不经世事的"学孩"。年轻嘛，未来无限可能，对一两次失利也不放在心上。

家是本地的涛平时很内向，本不爱聊天的他看着大家聊得那么尽兴也忍不住发话了："玩笑归玩笑，但你们知道吗？我们应聘的那家公司在我们这是响当当的名企，历史悠久底子硬，听说在他们公司干得好的员工不到两年就可以买车买房，很多本地的公务员都想到他们那里去，但即便关系再硬，没有实力也进不去。"听着他坚定的语气，所有同伴脸上写满了向往的表情。"不说悲观的事了，大家高兴一点吧！我们那么年轻，绝对天下第一，来吧！唱一首《我是一个兵》。"性格一向开朗的老高这时兴致勃勃地组织大家唱起了四年前我们军训场上喊破喉咙吼叫的军歌："我是一个兵，来自老百姓，打败了日本侵略军，消灭了蒋匪军，我是一个兵，爱国爱人民……"整辆班车的气氛被我们的歌声渲染得异常热烈，一车的人跟着我们的节奏手舞足蹈地比画着。此时的我们青春有活力，对未来充满了无限向往。

# 选 择

三天后的一个清晨，我接到了之前面试公司的主管打来的电话："喂，是王严荣吗？"

"对，是我……"

"你被我们公司录取了，恭喜你，你是我们公司今年唯一录用的新员工。"

"真的吗？"我喜出望外，尽力抑制着内心的狂喜不敢笑出声来，怕被对方听到而笑话自己。

电话那头坚定地答道："嗯！你好好准备一下，两天以后到我们公司报到。"

挂断电话后，我内心的激动之情一下子爆发出来，狂跳着向天空大喊："啊！我出人头地啦！"惹得周围的人议论纷纷，以为我发了疯。

也是在同一天，我更早时候报名参加的边疆教师考试有结果了 —— 我考上了。但这个消息对我来说似乎已经没有那么重要了，当不当老师，有没有稳定的工作又有什么关系呢？关键是要能挣大钱，此时的我，内心塞满了浮躁。

那天下午，我把这两个消息告诉了父母，并向他们表明了我内心的抉择：推掉教师这份职业，到发达的城市去挣大钱，让他们尽快过上富裕的生活。

让我万万没想到的是，电话那头，父亲严厉地批评我："挣什么大钱，我们现在有手有脚，不需要你挣钱给我们，教书育人才是正道。"

母亲抢过电话也极力劝说我选择去教书，并轻声和气地补充道："多少人挤破脑袋想教书都没机会，你好不容易考上了却又不想干，实在不应该啊！"她缓了缓，似乎无奈又有点伤心地继续说道："在私企挣钱是好事，但你能保证他们公司能一直红火下去吗？就算能，在那里工作也不稳定，说不定哪天老板一不高兴就把你炒了鱿鱼，还不赔了夫人又折兵！"最后她语重心长地劝慰我，"儿啊！男怕入错行，人一生一旦走错几步路就毁了，你好好想想吧！"说完便挂断了电话。我知道，母亲对我的爱，世间没什么可以比拟。

父母有这样的反应我是完全能够理解的，他们一辈子为我们姐弟俩操劳，面朝黄土背朝天，日复一日，年复一年，心里深知当农民的辛酸，而我们农村老家日子过得最舒服的就数当老师的了。在他们看来，老师这份职业，轻松自由而且神圣，一年还有那么多的假期，多少人羡慕还来不及呢！

我对自己有着清楚的认识，最喜欢做的事情是经商，从小的志向是将来能当一名优秀的商人，成为家乡最有钱的人，老师非我所愿，而且这个想法一直没有改变过。

而今天，儿时的梦想就快实现第一步了，我不能因为父母的劝说就改变初衷，但又不得不顾及他们的感受，一时间，我陷入了两难的境地。

接下来的一整天，我的电话铃一直响个不停，都是亲朋好友打来劝我去教书的，我想：这一定是父母请他们来劝说我的，父母总是担心我的人生路走得不顺畅。

我不得不仔细地看了当初报考教师时的文件 —— 我报考的教师职位属于边疆特岗，只要干满三年，合同一到期不续约就自动离职，这期间，想走可以随时走，没有什么限制条件，我想：此时的我一定是拗不过父母和一众亲戚的，一意孤行只会让父母伤心不已，不如答应他们先去教书，到时找个借口，随便干几天就跑掉，再寻与之前同样的工作，反正以我的实力，就算到了更大的城市更厉害的公司也可以应聘得上。

就这样，我遂了父母的愿，同时在心里打起了自己的小算盘。

我万分不舍地打电话婉拒了之前大公司抛出的橄榄枝，电话那头，我明显听出了老主管的惋惜与痛心，或许在他心里已经认定我了，但是，我又有什么办法呢？在我们那里，不遂父母愿为不孝，我不能做一个让外人笑话的不孝子。就这样，我开启了自己人生的另一页。

# 车 站

2010 年 8 月：

也不知着了什么魔，在家待腻了的我和我姐执意要在那年的农历七月初一出门，姐要到省城去，我要去教书的地方报到，虽然时间还很充裕，但一向性子急躁的我们实在不愿再在家里多待一天了。母亲是位传统的妇女，深信农历七月初一是外出不祥的日子，所以极力劝说我们姐弟俩那天不要出门，晚一天再走，但她哪能劝住倔强的我们，我们姐弟俩装作若无其事的样子继续收拾行李。

母亲只好无奈地为我们准备些许自家的特产，最让我难忘的是母亲执意要自己爬上离家不远的果树去为我们采摘刚刚成熟的苹果，还执意要亲自背着行旅送我们到离家两公里的火车站去乘车。

走在铁路上时，由于路滑的缘故，母亲重重摔了一跤，鲜血顿时从沧桑的脸上流出，一时间，似乎连老天也心疼地在为母亲哭泣，天空阴暗下来，密密麻麻的雨滴掉下来。搀扶着伤痕累累的母亲，我们姐弟俩的内心充满了愧疚、自责与疼痛，却不知也不敢说些什么，只好沉默不语，心泪却默默流淌着。

临近车站的时候，大舅（母亲的哥哥）在自家的地里干活，远远看到我们便放下手头的工作迎了上来，看到母亲伤痕累累的脸便质问我们："你们要去干什么？你妈怎么了？怎么伤成这样？"

我刚要开口说出事情的来龙去脉，母亲打断了我，急忙向大舅解释道："今早上山砍柴时不小心滑倒摔的，没什么大事，过一两天就好了，不用担心。"

我们姐弟俩心里都清楚母亲这样维护我们的缘故——大舅和母亲自幼一起长大，大舅从小就是母亲的保护伞，非常疼爱自己的妹妹，而母亲也非常关心大舅，从小到大他们从未争吵过，感情一直非常好。而我们姐弟俩，自小也是大舅看着长大的，在所有表兄弟姐妹中，大舅最喜欢我们，从小把我们姐弟当成自己的孩子一样对待，有好吃的，都要第一时间赶一公里多的田间小路送给我们，自家做了什么好饭菜又会第一时间把我们接到他家里，让我们饱餐一顿。而自幼懂事学习成绩又好的我更是得到大舅无数次表扬与奖励；当然，我们犯错的时候，大舅也会像对待他自己的孩子一样严厉地批评，就算长大成人了也不例外。

此时，母亲向大舅撒谎是为了将要出远门的我们不被大舅批评，在母亲的"包庇"下，我们顺利逃过一劫。大舅叮嘱我们：出门在外要多加小心，随时照顾好自己。我们向大舅承诺：我们在外面一定事事小心，绝不会让家里人担心。此时的大舅像个老小孩，反反复复向我们讲述他自己年轻时候在外面遇到的陷阱，一遍遍传授着他的社会经验，生怕我们在外面受到一丝一毫的伤害……直到列车马上要到站的时候，大舅听到我们坚定的保证后才放心地目送我们离开。

告别了大舅，我和姐搀扶着母亲急匆匆地向车站赶去，却明显察觉到母亲伤得不轻，心里就越发难过了。

母亲依依不舍地把我们姐弟送上车，想要说些什么，却又哽咽住了。满是皱纹的脸，平静得让人心疼。

列车终究还是启动了，透过车窗，我看见母亲孤独地站在原地，一动也不动，呆呆地看着慢慢远行的列车，在狂风密雨中，母亲连伞也忘了打，不！不是忘记打伞，只是此时打不打伞对她来说已经不重要了。

那天，母亲呆滞的神情和颤抖的身躯永远刻在我心底最深处，好想不顾一切跳下车子，跑向母亲，把她拥在怀里，把雨滴挡在她的身体之外，把身体的温暖传给母亲。可那样的假设并没有发生，列车越来越快，越来越远，母亲依旧一个人孤独地站在那里，单薄的身体颤颤巍巍。

此时的我，眼前是黑暗痛苦，心绪难以再平静，我把头探出车窗凝视着母亲，一刻也不肯眨眼，生怕错过看母亲的任何一个瞬间，直到母亲的身影完全消失在我的眼际。

车厢里，各色人群手舞足蹈：有玩扑克牌的生意人，有哄孩子睡觉的年轻女人，有打打闹闹的少年，还有喊破喉咙叫大家出示车票的列车员……但这一切对我来说仿佛是另外一个世界了，我的世界早已沉寂，眼前只剩下灰白色了，我呆呆地坐在那里，没有心情发出一点儿声音，不想和任何人说话，身体却剧烈地颤抖着。我闭紧着双眼，因为我怕一睁开眼，眼泪会止不住哗哗流淌出来，让全车厢的人看见。我的脑海是无边黑暗，心绪却汹涌澎湃地翻滚着过往的场景——那些在母亲怀抱里温馨成长的日子，那些被母亲的歌声逗乐的岁月，那些在狂风暴雨的山林里躲在母亲大伞下哆嗦的回忆，那些深夜里母亲为了凑足我们姐弟俩的学费而彻夜在缝纫机前忙碌的画面……

天空昏暗了，梦想也要被点亮；路途遥远了，双脚也要踏上；翅膀折断了，身体也要飞翔；生活累了，自己也要坚强！

夜深人静，在所有人都已熟睡的时候，我含泪写下了这篇《车站》：

### 车站

踩滑石块的瞬间，母亲重重地摔倒在冷冷的铁轨上，背上满满一篮子水果和蔬菜洒了一地，扶起母亲的那一刻，我惊呆了，满身颤抖的她，苍老的脸上血迹斑斑……一旁的姐给母亲撑起伞，我搀扶着母亲，余下的路，每一步沉了又沉。

从家到车站是一段两公里的铁路，临走前，母亲劝了又劝，说今天是农历七月初一，一个外出不祥的日子，让姐和我晚一天再走。而我们姐弟俩，像没听见一样，若无其事地继续收拾行旅，丝毫不去在意母亲的担忧。她终也没能劝住倔强的我们。

母亲走进果林，非要亲自为临行前的我们准备水果。她略略发胖的身体试了好多次才站在果枝，回想起那一刻，有种欲哭的冲动，像朱自清《背影》里的一幕，真实而揪心，而母亲，为的，完完全全是我们，为了我们微不足道的点点滴滴。

我曾目无尊长地责备母亲的这与那，为一些不相干的人批评母亲的处事不妥，自以为是地去要求母亲怎样怎样做……

而今，看着母亲沧桑而伤痕累累的脸，所有生活中的不幸都已微不足道。

不知道什么时候，朗朗艳阳天瞬间阴沉了，密密麻麻的雨滴打下来，老天仿佛不由自主地哭了。

不该指责母亲的这与那，不该评论母亲的对与不对，更不该不尊重母亲的担忧，母亲是心中的巨人，是把全部的爱都给了孩子的人，是点点滴滴都在为我着想的人。

曾几何时，母亲粗糙的双手无日无夜地劳作，硬生生地把我的天空点亮；曾几何时，母亲把全部积蓄打在我的卡上，告诉我：该用就用，别担心家里；曾几何时，母亲无数次为我背上重重的行囊，送我踏上北去的路，然后，站在铁路边对着远去的列车张望再张望，眼泪已顺着满是皱纹的面颊流下。

再也止不住眼泪哗哗往下流，我的眼前是黑暗痛苦，漫天下着雨，就好像泪在流，没有你，我的世界会怎样？

列车走了，游子走了，母亲留下了，带着伤痕，带着祝福！

2010 年 8 月

# 第二章 戈它——昏黄岁月

# 初入边陲

2010 年 9 月：

开学报到的日子终究还是来了，我一个人背上自己的所有行旅，来到之前从未到过的小县城，第一眼看见它我便被震惊了——竟然还有这么小的县城！比我们家乡的镇也大不了多少，街道和不多的楼房被几座大山夹在中间，一眼便看得到它的尽头，小城外面有一条不大不小的河流。虽说云南的气候四季如春，这里却仿佛置身于云南之外，已经入秋了，仍像在沸腾的蒸笼里一般，风吹来如同沸腾的蒸汽砸向脸面，即便穿上最清凉的短袖衬衫静止不动，汗水仍如地下的温泉冒遍身体的每一寸肌肤，浑身不自在，连呼吸都变得困难了。

次日早晨，当地的教育局局长把新来的所有教师召集起来开了一个简短的会议，签订了特岗教师履职的三年合约。来到这里听得最多的话便是"既来之则安之"，我也顾不了那么多了，跟着大家把合约签了，心想：反正也不损失什么，况且，初出茅庐的我对合约呀、合同呀并没有一个清楚的认识。

签完合约便公布所有教师的分配去向，这个县城虽小，但它所管辖的范围可大着呢，全县最偏远的地方就算坐车去也需要五六个小时，我的运气并不是最差的，没有被分配到最远的乡镇，而是跟另外五名新报到的老师分配在一个距离县城大约两个小时车程的小乡上，此时的我，对所要去的地方充满了好奇：那里的天气如何？那里有些什么民族？是不是在大山顶上……

答案很快就会揭晓了。

来县城接我们到学校的，是个很魁梧的边疆汉子，他是那里的中心小学校长，姓车，开始很是客气地向我们打招呼，然后便赶路，他很热情，中途还特意带我们到当地最有特色的饭店吃饭，午餐结束后还兴奋地带我们游览了这里最著名的景区。

下午时分，车子离目的地越发近了。高耸入云的大山，蜿蜒的盘山公路，山间缭绕的云朵，层层镶嵌在大山腰的梯田……这里的一切是我从未见过的。

车子在盘山公路上"反反复复来来去去"地转个不停，却似乎像被施了魔咒一样，明明知道已经很近了，却怎么也绕不出去……终于，在心生绝望之际，不远处露出几排低矮的房子，车校长略带微笑地对大家说："到家了，大家准备下车！"

而此时，已经是晚上十点多了，筋疲力尽的我们倒在学校安排的旅店里便呼呼大睡起来，也顾不上去思考其他任何问题了。第二天太阳升得老高才懒洋洋地起床，此时，学校已经为我们准备好了午餐。

吃完饭，我们略略环视了一下这里，小镇仍被高耸入云的大山包围着，镇子在大山脚下。镇上的学校，却并没有想象中的那么简陋，有几幢教学楼是刚刚建好的，在这样的山区乡镇上，算是比较气派的了。同来的五个伙伴也都还能接受这样的环境，我也抱着跟大家一样的想法 —— 既来之则安之。我们以为所有新来的老师都会在这所学校共事，心里还暗暗窃喜：这样也好，工作稳定还没有压力，也不过多犹豫了。

但事情远没有我们想象的那么简单。后来才知道，我们刚到的这所学校，是这个乡的中心校，并不是这里唯一的学校，这个乡所管辖的其他地方还有很多分校，大部分都在偏远的山头上。此时的我们开始不淡定了，心一下子提到了嗓子眼，直犯嘀咕：要是分在最远的山头上不是完蛋了，以后该怎么生活？更谈不上安心工作了。

分配工作开始了，车校长和一众校领导坐在台上，语重心长地劝说我们安心工作，最少不了的还是那句"既来之则安之"。说实在的，我已经听腻这句话了，现在最关心的是自己即将分配到哪里任教？能不能就留在中心校了？

校长一开口便说："波是我们当地第一个大学生，是我们的自豪，他就留在中心校了，芳和景是女生，你们去公路沿线交通最方便的一所小学吧！"接着又补充道，"魏也和两位女老师一起去吧！辉去右边山腰的夕欧小学，那里有年轻老师和你做伴，不用担心。"最后，他轻描淡写地对我说，"小王，你去戈它小学，那里离乡镇很近，会有一位老教师照顾你的。"

说完便散会，我们想说点什么，却半点儿机会也没有。

我不知道他所说的很近的戈它小学到底是个什么情况，但总感觉心里不舒服 —— 凭什么本地的大学生可以得到特殊的照顾，为什么老魏可以和两位女生一起到公路沿线的小学，辉可以有年轻人为伴，感觉就我一个人被孤立了，难道我读的不是正规的大学吗？难道你们这些领导看我就那么不顺眼吗？不公平的种子从那时起深深埋在我的内心深处，在后来的日子里，没有被淡化，反而越演越烈。

带着强烈的好奇心，我迫切地想知道我分到的学校是个什么样子的，心里也在盘算着：如果太不如我意，就闪人，到外面的世界去寻找出路。

第二天一早，我们便得向各自的"新家"奔去了，虽然只是相处了短短两三天，一起来的六个年轻人都非常舍不得彼此，在这样的山里面相聚也算是天大的缘分了，但工作所需，我们不得不就此别过，不能同地共事，只能以后遇到周末再聚了。

来乡镇上接我的是戈它小学的老校长杨老师，五十岁左右的样子，人很瘦却很精神，见到我，不热情也不冷漠，就淡淡地朝我一笑便在前面带路，让我跟在他身后。行旅物品只能有车的时候来拉了，天气晴朗的日子，上山并不是一件太困难的事情，穿过开始时一段陡峭的小路便走上"大路"，那是一条两三米宽的土路。到学校的路程没有想象中的那么遥远，却也不近，步行一个多小时以后，学校出现在眼前，是一座全部用石头砌成的二层楼房，正面是一个不大不小的村子，背面对着远处耸入云霄的大山。虽说学校并没有想象中的那么差，但却怎么也高兴不起来。

走进学校，我看到一个个子跟我差不多高，却比我胖许多的年轻人在学校旁边的空地上清洗着一只刚宰好的土鸡，便上去和他打招呼："你也是这里的老师吗？"

他见到我来没有表现出喜悦的样子，却也不冷淡，不紧不慢地回答我："对！"

然后好像早就知道我是新来的老师一样接着补充道："为了迎接你的到来，我们特意杀鸡招待你。"

听他这么说，我的心情一下子激动起来了，心里暗自窃喜，我猜想：难得还有年轻老师和我做伴，在这里坚持下去是没有问题的，也不枉费我历尽千辛万苦远道而来。

但他接下来的话却彻底让我的心情跌落谷底，他接着说道："我叫郭军，已经在这里待了一年了，你是来接我的班的，明天我就要去别的地方了。"

听他说完，我的内心世界里仿佛瞬间下起了倾盆大雨，刚刚点燃起的希望一下子便被扑灭了。但我强忍着内心的极度失落，强颜欢笑地继续和他吹牛，却早已暗自伤感。

我从未接触过边疆民族，也不知道如何去和这里的人们沟通，更谈不上在这里很快地结交朋友，家和亲人很遥远，以后的漫漫岁月，我得独自面对生活了。

从家出发到现在，我心里的希望一次次被点燃，却又一次次被浇灭，此时的心情已经跌落到毕业以来的最低点，如同希望的星星之火彻底熄灭。我心里清楚：抛开这里的老校长不说，接下来的漫长岁月，我将一个人面对深山老林里所有的黑夜和孤独，我不知道自己能坚持多久。

晚饭时，杨老师叫来了村里几个管事的一起进餐，表示对郭军的欢送和对我的欢迎，一桌人在热闹地谈天说地的时候，我的内心却充满了痛苦和失落，体味到一种在一群人狂欢的时候自己却从未有过的孤独——在偏远边疆深山密林里的山头上，我将如何一个人去承载那无数个漫漫长夜，将如何面对那数不尽的孤独和无边的恐惧。

但此时的我仍然装作没事人一样，开怀大笑地与大家对饮，特意把一杯杯烈性白酒一饮而尽，在场的人都以为我是个大酒量，但他们哪里知道：在此之前，我从未喝过一滴白酒。更没有人清楚，此时的我在狂笑什么。虽然我早已步入成年人的行列，但我从来没有一个人在一个房间居住过，之前，要么是和家人一起生活，要么是和同学一起居住。更别说以后得一个人在遥远的深山老林黑暗的石头小屋里熬过一个又一个无尽的漫漫长夜了。

我承认：那一刻的我内心像个小女孩一样软弱。

村里的年轻人都到外面打工了，整个寨子，只剩下老人和孩子了，村干部说这里的每个人都能歌善舞。知道学校来了新老师，村上的舞蹈队全都赶来了，她们要举行一个盛大的舞会来欢迎远道而来的我。在皎洁的月光和昏暗的路灯下，一群五六十岁的老大姐穿着隆重的民族服饰，伴随着轻快的民族音乐在学校前面的空地上轰轰烈烈地扭动起来，节奏感丝毫不输城里扭秧歌的大妈。

晚餐结束的我们也赶来凑热闹了，在酒精的剧烈催化下，我大胆地拉上郭军，狂奔到人群中，和大家一起热烈地舞蹈。郭军看上去十分腼腆，动作根本放不开，但我对眼前这位腼腆的男生由衷地佩服 —— 他竟然能在这里坚持一年。

此时醉酒之后动作浮夸的我自然成了人群的焦点，老大姐们极力配合着我的动作为我伴舞，并对我竖起大拇指向我投来欢快的目光，嘴里不停地对我喊着"欢迎欢迎，热烈欢迎"，我明显感觉得到她们对我的到来满心欢喜。我学着她们的舞姿，跟着音乐的节奏向前抬脚，向后移步，双手举向天空疯狂地拍打着，摇头晃脑哦哦地尖叫着，像是加入某位明星的演唱会，所有的人都被我的疯狂感染了，大家肆无忌惮地唱啊、跳啊！此时的我在酒精和热烈氛围的催化下忘记了所有烦恼，和大家一起疯狂，忘了自卑也忘了泪流，忘了时间也忘了疲惫，忘了黑夜也忘了自我……

所有人都到场地中央扭动起来了，舞蹈队大姐、郭军和我、杨老师和刚刚一起吃饭的所有大老爷们，情到浓时我们所有人手拉手跳起了"大乐作"，虽然我不知道他们唱的是什么，但我坚信：今晚的场景会让我终生难忘。

不知"狂欢"到几时？大公鸡开始啼唤黎明时所有人才依依不舍地离去。夜空恢复了宁静和空旷。我在内心深处感谢那晚的所有人，是他们在我自卑和泪流满面的时候，陪我一起舞蹈，让我有勇气用笑容驱赶无尽的孤独和恐惧。

第二天一大早，郭军带上所有行李坐上摩托车朝远处山坡小路尽头处驶去，我眼巴巴地看着他的背影在山崖的另一头消失，很久很久，直到很确信山的那一头不会再有什么动静了，这是我第一次满心留恋地目送同伴扬尘而去。

# 初为人师

郭军走后，学校只剩下杨校长和我两位老师了。整个学校也只有二三年级两个班，三十几个学生，都是少数民族，有几个学生连汉语也听不懂，更说不清楚，这是我此时面临的最大的难题了。

人生第一次以正式教师的身份走进教室，没有想象中的激动，更多的是对现实的不满和愤恨。

二年级的小同学看到新老师来，不紧张也不激动，好奇地打量了我一番便各自玩闹去了，没有问好，也没有安静，却用我听不懂的语言咿咿呀呀地说着什么。看到这样乱哄哄的场景，我的火气一下子便冒出来了，用很粗的木棍重重地敲打讲桌，并大声地吼道："安静！"让我惊奇的是，这群小孩没有被我的愤怒吓到，反而更加肆无忌惮地笑了起来，有的甚至站在凳子上手舞足蹈。这一下，我被彻底激怒了，恶狠狠地走到最乱的孩童身旁朝着他的屁股踢了一脚。

这一脚，让刚刚还乱哄哄的教室一下子安静了下来。我环视着这个班的学生，不多，只有七八个，男娃娃个个都脏兮兮的，个子最小的那个男孩身披被他蹂躏得褶皱不堪的粗布衣服，两股大鼻涕将要流泻下来又被他一次次吸了回去，他的双手黑漆漆的，眼光却贼亮，总是这里瞄一眼，那里看一下。另外的三四个男孩比他也强不到哪去，蓬乱的头发打了数不清的结，脖子上全是灰黄色的像泥土一样的东西，脚上大都穿着早已断了底的拖鞋，脸圆的那个小胖子干脆连鞋子也不穿了，双脚糊满泥土，像是穿着一双土黄色的时髦的鞋，所有脚趾时不时地舞动着；另外的两个女孩子还好一点，头顶着尖尖的大公鸡帽，身穿她们自己的民族服饰，黄色或是绿色的衣身，袖口处绣着很多精致的花纹，胸口处还挂着银子一样的饰物，裤子统一是蓝色的，每个女孩裤腰后面都坠着三大片很厚的镶满精美图案的"坐垫"，后来才知道，那不是坐垫，只是用来装饰衣物的。

我开始上课了，在黑板上写了最简单的"人"字，然后用非常粗犷的声音问他们怎么读，所有人都傻傻地看着我，什么也说不出口，好像遇到天大的难题一样，跟刚才的哄乱相去十万八千里。我无奈地摇了摇头，失望地蹲在地上把头低下，我感觉自己完蛋了，就算我使尽浑身解数，又能教会他们什么呢？毫无教学经验的我一上场便满心的绝望。

那一堂课，我一点上课的心情也没有了，在教室门口呆呆地坐着，任由这些"无法无天"的"笨娃"肆意地在教室里跑来跑去，打闹嬉戏，而自己像置身事外一样，继续着我苦闷的心情。

在短暂的课间休息以后，上课铃声再次响起，我微微调整了心态，继续走上讲台。这一次，我没有再放任学生在课堂上打闹了，虽然我知道山高皇帝远的偏远小学是没有人来监管的，但我想：闲着也是闲着，不如做点事吧！

我想：拼音字母一年前他们就应该学过，现在没有必要再讲了。我便在黑板上写上简单的"中国人"三个字，然后注上拼音"zhong guo ren"，带着他们读写，"中，中，国，国，人，人……"我读一个字，让他们跟着读一个字。差不多带读十遍以后，我故意等了好大一会儿才让他们自己试着读读看，我话音刚落，所有人又都瞪大了眼睛直直地看着我，没一个人会读，我无奈地只好继续带着他们读……一整节课就只教他们读这三个字，待我嗓子都冒火了，才勉强有几个同学会读，但过不了几分钟便又全忘记了，再次瞪大了眼睛看着我。此时的我，连自己也不知道中了什么邪，周星驰式地狂笑起来，七八岁的山里娃看着不知道是狂笑还是狂哭的我，一脸的莫名其妙，继续用他们的语言咿咿呀呀地讨论着什么，似乎在说："那个老师是不是一个疯人？"

我干脆不讲这个了，带着他们疯读"tuo la ji"三个音，因为他们这里有几辆拖拉机，对这三个音应该不陌生。我大声地吼叫着："t u o，tuo，拖，拖拉机的拉！"几个小孩懂什么，只管跟着我胡乱地读："tuo，拖，拖拉机的拉。"读得很拗口却很尽兴，他们哪里知道：这是我听朋友讲过的笑话，这是一个只上过几天学的代课老师在有其他老师旁听的课上给学生讲课时的真实场景（他们那个地方老师极度缺乏，曾花几十块钱一个月雇用只上过几天小学的老人或十几岁的孩子来代课），代课老师讲得很投入，一脸严肃的样子，谁不跟读还恶狠狠地瞪着谁，学生跟读得很响亮，生怕自己读得跟老师的不一样而被骂，所有小同学都很认真地跟读，在场的老师们憋着一股想笑的冲动，却都故作镇静，装出一副很认真的样子。

我故意学着笑话里的代课老师并加上自己的改编继续带着大家读："tuo，拖，拖拉机的拉，啦啦啦！"脸上特意做出很夸张的鬼脸表情，学生也跟着我的腔调和样子大声地吼叫着，读着读着便唱起来，并当着大家的面随意喷洒口水，学生们也模仿我在教室里胡搞乱来。此时的教室，俨然成了一间精神病院——一个大疯子带着一群小疯子摇头晃脑地发神经。那时的我哪里知道教育的意义，又哪里懂得胡搞乱来的后果，依然我行我素地继续由着自己的性子乱来，心里唯一关心的是时间过快点，再快一点。

接下来的几天都是这个样子的，我实在不知道该如何去给这些孩子传授知识，就只肆意妄为地带着他们嬉戏打闹，把原本神圣的讲台变成睡觉打呼噜的猪窝，把本应干净整洁的教室变成唾沫四溅的垃圾场，把只该庄严祥和的校园变成嘈杂不堪、乌烟瘴气的菜市场……

杨校长对我的所作所为当然看不下去了，在他心里，这所小学虽然在偏远的山头，虽然只有两个班几十个学生，但也是学习知识的殿堂，是教育下一代的摇篮。他怎么可能让我由着性子胡搞。

在一节我又放纵学生乱叫的课堂上，杨校长生气地闯进我们教室，走上讲台大声呵斥全班"给我安静"。然后把手里的书本重重地砸在讲桌上，像被惹怒的老虎。这里的学生都非常惧怕杨老师，这时，学生们早已规规矩矩地坐在自己的座位上，整间教室瞬间安静得诡异。接着，杨老师转过身来看着我，用不怎么严厉也不怎么友好的语气对我说："上课就好好地上课，你这样怎么行呢？"

此时的我感觉自尊心被人按在地上摩擦了，还没受过这么大的气，顿时火冒三丈，龇牙咧嘴地便和他理论："要你多管闲事，还轮不到你在这里指手画脚，给我出去。"此时在我心里，满是对他的鄙视：一个大山区的乡村小老师有什么权利对一个大学生说三道四？还一副高高在上的领导模样。此时的我当然不服气了，说完继续在教室里我行我素。

杨老师转过身，并没有对我发脾气，摇摇头自言自语地小声说道："我只是觉得选择了这行，就要对这个工作负责，你自己好自为之吧！"说完便转身回自己班教室继续上课去了。

我重重地把教室门砸上，声音像打雷一样。

我并没有把他的话放在心上，却被刚才的一幕搞得十分生气，干脆这一整堂课都不上了，任由学生们讲话打闹，而自己在讲桌前傻傻地发呆，心里好像受了多大的委屈似的，心情非常沉闷。

之后的几天，我故意装作很生杨老师气的样子，故意不理他，见到他便远远地躲开了，就算他主动跟我打招呼，我也装作没有听见一样，用自己的低沉情绪和他冷战。

而杨老师，好像没事儿人一样，每次远远看到我便笑眯眯地和我打招呼："小王，吃饭没有？""小王，过来我家喝酒！""小王，课上到哪里啦？"……我经常装作没听见一样躲得远远的，有时实在躲不过去了就随便"嗯"上一声，但其实，我的心里对杨老师早已充满了自责，却又不好意思当面和他道歉。我心里清楚：那件事情错的是我，无理取闹的人是我，不知悔改的人也是我，但我就是拉不下脸来跟他道歉，却还表现得像是自己受了多大的委屈一样。

有一天，打雷烧断了学校的电线。没有电，做不了饭，我只好无聊地躺在床上等待别人来接电线。午饭时间到了，原以为一整天都得饿肚子了，这时，我听到有人轻轻地敲门，伴随着温柔的话语："小王，吃饭了，你大嫂做好饭等你啦！"我知道，杨老师家一直是用柴火做饭的，有没有电对他家来说没有影响，而杨老师说的"大嫂"便是他老婆，陪他一起在这里生活，杨大嫂还特意在山坡上开垦了几块空地出来种一些蔬菜、水果之类的，他们夫妻俩早已像本村人一样在这里安然自得地生活了好几年了。

我懒洋洋地起床开门，见到杨老师，非常地不好意思，低着头装模作样地对他说："不用了，怎么好意思啊！"

此时，杨老师豪气地对我说："有什么不好意思的，今天没有电，难不成你喝西北风能饱啊！"说着便拉住我的手往他家拽去。

饭桌上，本想对杨老师说点什么，话到嘴边却怎么也开不了口了。那天，我五味杂陈地在杨老师家蹭了难忘的一顿饭，内心充满了对他的歉意，但更多的，是五体投地般的佩服，我感觉自己在那一刻从杨老师身上学到了很多东西。

时间依旧一天一天慢悠悠地挪动着，在大山里度日对我来说是无穷无尽的煎熬，别人用"度日如年"来形容时间过得慢和生活的艰辛，但对我来说，用"度秒如年"才最恰当。

这所深山密林里的学校，从家出发到省城耗费一两个小时，经省城出来，坐火车到市里需要五六个小时，再从市里乘班车到县上得花三四个小时，然后搭乘面包车绕到乡上，少不了两三个小时，再从乡上花一两个小时爬行陡峭险峻的环山土路才能到达，这中途还不能被其他事情耽误。那时的道路异常崎岖，班车也少得可怜，对于初出大学校园的我来说，出山一次堪比唐僧取经。这里的大山，高耸入云，方圆100公里以内没有一块平坝，大山外面还是数不尽的大山，天阴的日子，乌云密布，整个空间如同天牢般阴森难耐。我时常在抱怨：被关在监狱里的犯人起码还有同伴，有娱乐活动，至少还知道铁墙外面就是五彩缤纷的世界；而那时的我，没有同类，没有玩伴，也几乎没有黑夜里的灯塔，比起那些牢囚，我觉得自己的境遇有过之而无不及。

那些日夜，我最大的问题不在于书教得怎样，而是能否熬过这无边的漫漫岁月。这所小学，因为有一大半远路孩童的缘故，下午两点便放学了，学生走后，校园安静得出奇，连微风吹过的声音都听得清清楚楚。杨老师一放学便离开学校到自家地里忙碌去了。冷清山校里孤苦无依的我，不知该做些什么，看电视吧，连个信号也没有；去散步吧，但真正的"路"在哪里也不知道；看书吧，浮躁的内心根本不听使唤……只得一个人躲进死寂的小屋，像被彻底遗忘在天边孤岛上的可怜虫，没人理会，没有援手，孤寂得快要被凝固的空间杀死，只得在内心拼命挣扎。

很多个白天，一发呆便是一整天，一愁思便头痛欲裂，只剩下万般无奈了。

很多个黑夜，一个人躺在简陋的床上却怎么也无法入睡，脑海里全是过往的画面：那些在大学校园里无忧无虑的岁月，那些假期里在城市街头悠然自得享受繁华刺激的场景，那些在家里让父母百般呵护疼爱的日子……但睁开眼睛，却是一片无边无际的黑暗与压抑，这孤寂能将一切幻想彻底杀灭。

时钟仍旧慢悠悠滴答滴答地挪动着，感觉过了好久却仍像还在起点，夜空依旧是漫无边际的黑暗，黑暗得如同深邃的大海整个压了下来，透不出一点儿气来。遇到床上出现壁虎之类的小虫，神经兮兮、草木皆兵的我便更加惊恐了。好多个夜晚，毫无睡意的我干脆坐在床头发一整夜的呆，天亮时，早已筋疲力尽。

一整夜的失眠，我死里逃生般熬到了天亮，杨老师早早地起床播放刘德华那首最经典的《中国人》，耳边响着这样气势磅礴的上课铃声，我却无精打采地走进教室，两个明显的黑眼圈逗得所有孩子哈哈大笑。

这一天，我在课堂上找到了新的乐趣——根据山里娃的外貌特征给他们每人取一个搞笑的绰号：身体胖乎乎的就叫他"小胖子"，偶尔穿一次外衣的男孩就叫他"大西装"，头戴公鸡帽的女生就叫她"金凤凰"，脸上脏兮兮的男娃就叫他"黑豆"……所有孩子瞬间哄堂大笑，脸上一副幸灾乐祸的样子，得意地对被取了绰号的同学放声大叫，被喊了绰号的同学脸上一副委屈的样子，却又不敢在我面前反驳，只得任由其他同学戏弄。看到这样的场景，我丝毫没觉得不妥，反而更加肆意妄为地在课堂上胡来，教室瞬间又变成了疯人院，而我却乐在其中，仿佛只有这样，时间才不会如此残酷地待我。

很快，整个学校都知道我给班上学生取的绰号了，杨老师班级的学生也对有了绰号的小同学肆意地喊叫着，而我，自以为是地感到很有成就，继续编造着那些搞笑的绰号。

这件事当然瞒不过正直严肃的杨老师，这一次，他没有当面阴着脸对我一顿斥责，而是在某个夕阳西沉的日子亲自下厨准备好晚餐，特意为我斟好酒，客气地请我到他的房间畅饮。杨老师并没有直入话题，而是先与我对饮一杯之后语重心长地向我介绍这个地方的风俗习惯："小王啊！你知道我们这个地方的民族最忌讳的是什么吗？"

我被问得莫名其妙，到这没多久的我怎么会知道这里的风俗习惯呢，我冷冷地回答："不知道。"

接着他语气柔和地对我说："我们虽然是少数民族，但这里的每个人都有自己的汉语名字，是父母百般考虑后才定下来的，有的甚至不惜花大价钱请文化人给自己的孩子取汉名，汉名对于我们每一个人，无论大人还是小孩，都像自己的生命一样重要。"

我就知道他今天请我喝酒肯定是别有用心，又要批评我了吧！我心里暗暗叨念着："关你屁事。"

"我听说你给班上的学生取绰号了，这样是不对的。"他接着说，"他们原本都有自己正式的名字，你再这样胡乱叫一通，他们的父母知道会怎样想？"

"这个无所谓啦！"我有点不耐烦了，心想：刚刚才建立起来的对你的好印象马上又要被你自己给毁了，我取我的绰号碍你什么事了，有什么好大惊小怪的，你简直就是无事找事。

"你别再给他们取绰号了，不然……"

"知道了！"我开始生气了，端起酒杯一饮而尽，接着猛地站了起来，不耐烦地对他说道："我知道该怎么做，酒我喝了，有事，先走了。"话音还没落，便径直走回自己的房间，重重地把门砸上，留下杨老师一个人对着满桌还未启动的菜肴傻傻地发呆。

平静之后细细想来，我也渐渐意识到自己的错误了，但为了面子，我时常在杨老师面前表现得很强硬，虽然表面上十分不服他的管教，但我早已被他的质朴与正直感化，在我的内心，暗自佩服这位大山深处无论多么生气也永远不会把别人对自己的不敬放在心上的笑眯眯的乡村教师。

在一些少有的风和日丽的午后，我偶尔也会静下心来欣赏这里世外桃源般的风光：不远处的坡头上，几棵笔直的叫不出名字的大粗树，时不时会有几只不知名的长翅鸟停留，然后发出几声强劲的叫声，麻雀啊、燕子啊，这样的小不点儿瞬间被吓得四处逃窜，大树周边那几棵矮松树左摇右晃，好像是被刚才的一幕逗得洋洋自喜；遥远天空的另一边，无数陡峭高耸的大山直插天心，大朵大朵的云彩在山腰慢悠悠地走过来又走过去，像肥猪游泳，又像老牛吃草，却很少见到那种万马奔腾的景象；山坳里，几座用石头堆砌起来的矮房子，几个零散的小村庄，时不时可以看到烟囱里冒出缕缕青烟……天哪！我想：那云彩上的大山凹里竟然还有人居住，这得需要多大的勇气。可回过神来我才发现，山那边的人看我这里不也一样吗？我跟他们又有什么区别呢？这样想来，暗自伤感！喜尽悲来，心里也在无数次幻想：我什么时候可以离开这里，走出大山，到外面五彩缤纷的世界去，去过"正常人"的生活！

可幻想终归是幻想，现实还得面对，三年的合同最起码得待一两年吧！否则，我跟逃兵又有什么区别呢？我这样想着，尽管内心极不情愿。

这一天，村里来了一群干部，听说是乡镇府派来检查工作的，他们中有我们的乡中心校大校长和办公室领导、有公务员、有村干部，也有医生和文化站的人。村里早早通知我们准备好最好的饭菜来招待他们。看到这样的场景，我更是气不打一处来，我便一个人早早躲进自己的房间，把门严严实实地反锁起来，恕不见客。这在他们看来是大不敬的，但气盛的我实在太反感这些人了，要不是他们那么偏心，我怎会无依无靠地在这里承受煎熬？我满心抱怨着。

杨老师知道我的不满和脾气，没来叫我，自己一个人默默应付着。

一个满脸横肉、胖乎乎的村干部知道我就在自己的宿舍里，却没有出来迎接他们的"大驾光临"，觉得自己脸上无光，便恶狠狠地冲到我的宿舍外用脚重重地踢门，还怒吼道："不知道领导来了吗？一点规矩都没有，开门！"

我哪里受得了这般侮辱，抄起床边的一根手臂粗的木棍一个箭步冲到门前，先朝铁门上重重地砸了一个坑，再凶狠地把门打开，此时，砸门的村干部早已被吓得溜到楼下面的场地上去了。我怒气未消，饿狼般猛追了下去，由于失去理智跑得太快，加上梯子上有沙粒的缘故，我重重地摔了一跤，衣袖和裤子被磨破了几个大洞，手臂和膝盖上鲜血直流。

愤怒的我迅速起身，在众目睽睽之下用猛虎般的嗓音怒吼这胖村干部："你找死，给我小心点！"

见到这番架势，他吓得惊慌失措连连向我道歉："不好意思啦兄弟，刚才是跟你闹着玩呢！别放在心上。"

说罢，露出一副嬉皮笑脸的嘴脸。

周围的人迅速跑过来拉住我，纷纷劝我。

有人说："年轻人，别冲动！"

有人说："别怪那个村干部，他也是个小孩！"

有人说："别惹事！多一事不如少一事。"

还有的说："算了，你也有错，别把事情闹大。"

……

我的情绪渐渐平静下来，心里嘀咕着："懒得跟你这种没有素质的家伙一般见识。"转身旁若无人地便离开了，完全不搭理周围的领导，也完全忘记了刚才摔倒受的伤。

虽然这场冲突在众人的极力劝阻下戛然而止，可我内心的怨气并没有完全消失，眼神里充满了敌意，内心里对这个地方充满了反感。心想：我大老远到你们这里做贡献，你却以这样的态度对待，着实让我寒心。

但冲突的一幕，被中心校校长和一众领导看在眼里，冷静下来之后，我想，我的坏形象会深深地印刻在他们心上，我的品性在他们心里彻底丑化了。这样想着，心里一阵发麻。

# 逃跑计划

接下来的几天，我想要逃离这个地方的想法越来越强烈，此时，我哪里顾得上责任、工作之类的，哪里还有心思去在乎那几个脏兮兮的山里娃。

这一天早上，我装作身体很不舒服的样子，走到杨老师面前，可怜巴巴地说："杨老师，我病了，要请几天假去县城看病，帮忙带几天我的班级。"

"好，好，小王啊！快去把身体治好，学校交给我吧！"杨老师看到无精打采的我，关切地对我说道。可他哪里知道：我只是把戏演得逼真了一点而已，我真正的目的是要找个正当的借口离开，然后再也不回来了。如果我说不干了，他会百般阻挠，让我不胜其烦，这样想来，我觉得自己挺聪明，心里偷偷地乐。

我把那些无足轻重的生活用品留下，心想：这些东西不要也罢，只是带上轻便的关键物品便满心窃喜地离开了。

我一路狂奔，头也不回地朝山下跑去，时而兴奋地唱起歌，时而激动得蹦蹦跳跳，像个三岁孩子得到很多糖果一样，完全没有刚才装病时的苦态。此时的我，像被关押了许多年的劳改犯突然得到赦免而重获自由一样，满是浓得化不开的喜悦，心想：终于可以离开"天牢"了，山外五彩缤纷的世界啊，我来了！

来到乡上，等了好大一会儿，终于有车经过了，我欣喜若狂地跳上面包车直达县城。

太久太久没有见过街道和商店了，我像个从未见过世面的小孩，兴奋地在这个刚来时看都懒得看一眼的小县城奔跑着，完全忘记了所有的烦恼，甚至忘记了自己是谁。

我在街边小摊前很尽兴地吃着当地小吃，这种之前看到不屑一顾的东西现在却如山珍海味般让我享受。一个人，在这阳光灿烂的午后，无忧无虑的时光里，也来点小情调吧！我兴致勃勃地点了一小杯白酒，自娱自乐地喝了起来，时不时哼着小调。时间，在这一刻对我特别温柔，仿佛是一位慈祥的母亲在悉心呵护着她的孩子。

喝了酒的我开始飘飘然了，觉得时间很充裕，也不着急赶路了，反正已经逃离那个鬼地方了，我想：玩个一两天再走也无所谓。这样想来，我找了一家网吧，在电脑前尽兴地看起电影来。上一次看电影，对我来说，似乎已经是远古时期的事了，大学那会儿，我们几个小伙伴经常会凑到有电脑的同学那里，欣赏一部又一部网络大片，看电影是我们那时最快乐的娱乐方式。现在重回那时的快乐时光，我兴奋得像个白痴，摇头晃脑，表情夸张，一看便是一整夜。忘记了遥远山头上，杨老师还一个人在为整个学校的事务操劳着，忘记了自己是谁也忘记了自己该干什么，只顾在虚拟的世界里自我陶醉，却又像是在无聊的光阴中沉沦。

第二天天大亮后，浑身酸软的我离开网吧直奔车站，此时，我特别想回家，想回到那个之前怎么也不肯多待一天的无聊老家。

由于太累的缘故，"逃"进班车的我一下子便睡着了。睡梦里，我看见无数双渴求知识的小眼睛在盯着我，我瞬间被吓醒了，好久才缓过神来。班车依旧疾速飞驰在蓝天白云之下的旷野上，我才懒得去理会刚才的梦境呢！

转乘了好几次车以后，我终于到家了。见到归来的我，母亲很是激动，问我是不是放假了，我装模作样地点点头。她便也相信了，忙着给我做饭，整理房间。

我吃完饭倒头便睡……

在家的两天，我无所事事地闲逛或是发呆，也不为接下来的事情打算，心里却空落落的。想做点什么吧，却总也提不起劲来，只好胡乱度日。

父母终究还是看出了我的心事。晚饭的时候，一家人围坐在一起，母亲先开口了："看你这两天心不在焉的，是不是发生什么事了？"

"没有，都挺好的。"我继续掩饰着。

"不对，现在又不是什么节假日，你们怎么会放假呢？"母亲接着质疑道。

"是他们那里的风俗，所以放假。"我依旧胡编着理由。

"那你为什么看起来心情不好的样子，你是我身上掉下来的，你心里有事可瞒不住我。"母亲接着说道。

我有点儿不耐烦了，把碗重重地放在桌子上起身就要走，这时，我看到父母沧桑的脸，我清楚：这件事是瞒不住的，他们以后都得知道，干脆现在告诉他们得了。

我坐下来缓了缓情绪，把事情的来龙去脉原原本本地说了出来，还夸张地形容那里生活的艰苦、经济的落后，人还特别野蛮，如同原始社会一般，实在难以生活下去。

母亲没有生我的气，听我这么一说，反而很心疼我的遭遇，关切地对我说："儿啊！那么艰苦的地方，不待也罢，回来重新找个安逸的工作，那里就别去了。"

"嗯！好！好！"我连声应和着，提着的心总算落地了，我暗自庆幸：怎么会有那么好说话的妈。

"好什么好！"一旁的父亲生气地发话了，"我看你这种行为就是赤裸裸的逃避，吃那么一点儿苦算什么，你爹我年轻时候吃过的苦比你吃过的饭还多，你那点委屈算什么？"

父亲语重心长地接着说："世界上有多少种职业就得有多少类人去做，你不做我不做那谁去做，总得有人去坚守、去付出，如果人人都想待在繁华安逸的地方，那我们的国家靠什么正常运作，我们的社会岂不是乱套了。再来说说你，如果一遇到点困难就退缩，就想逃避，那你这一辈子在其他任何地方、任何领域又能做成什么事呢？"

我想狡辩点什么，却又被父亲的话说得服服帖帖的，没能找出一丝一毫反驳的机会，只好小学生似的继续听父亲说教。

"我知道，你从小也没怎么吃过苦，现在一下子要面对那么大的生活挑战确实有点难为你了，但是你早就已经成年了，是男子汉大丈夫了，有自己的责任也有自己的使命，不能老想着安逸舒服地过一辈子吧！你今天吃过的每一点苦都会为你以后的人生添砖加瓦，不要吃点苦受点累就感觉受了多大的委屈一样，世界上比你苦的人大有人在。任何取得成就的人哪个没有吃过苦受过罪的，但他们放弃了吗？只有永远不忘初心，才能得到自己真正想要的结果。看看那些年轻时知难而退的人，现在大都在社会的最底层艰难度日，后悔当初的无知和脆弱。"

"你好好想想吧！"说完，父亲站起来，头也不回地离开了。

母亲也没有再为我多说一句话，好像默认了父亲对我的"责骂"。

那个夜里，我辗转难眠，脑海里不断响起父亲的教诲，父亲是我们那公认的大好人：勤劳、善良、正直、有责任感、能吃苦耐劳、热心助人……从小到大，我们姐弟俩就是在父亲严厉而"总是有道理"的说教下成长起来的，父亲一辈子虽然没有取得别人眼中所谓惊天动地的大成就，但他一生正直无私，勤恳奉献，几乎得到过所有乡亲邻里的肯定和赞誉。他用粗糙的双手硬生生地把我们姐弟俩供养到大学毕业，从未让我们遭受过一天罪，也未让我们走错过一步路，总是用自己坚实的臂膀护佑着我们健康成长，父亲的伟大在我内心深处从未被质疑过。

我越发觉得父亲的话很在理，今天这样尴尬的局面是我的懦弱造成的，我就是个彻头彻尾的逃兵，一个软弱无知、只会逃避的鼠辈。既然选择了，就该坚持下去，这是我的责任，也是对我的考验，我怎能做一个一无是处的懦夫呢？这样想来，我羞愧得无地自容了，但一切都还有挽救的可能，逃回来时，我是跟杨校长请的病假，并没有说辞职不干了，想到这，我暗自庆幸当时无意间竟给自己留了一条后路。

返回去的想法在我心里越发坚定了。

第二天一大早，我收拾好行李便跟父母告别，母亲关切地让我带足生活用品，并给我准备了许多衣物和家里的特产，千叮咛万嘱咐我在外面要小心，不要吃亏上当，实在坚持不了就回家……我深知母亲对我的爱，是那种如春风般温暖的抚慰。

而父亲，只是对我笑了笑，便转身离开了，连句告别的话也没有，却似乎又胜过千言万语。我心里知道：父亲对我，是一种严厉而无言的爱，这种爱，热烈、深沉。

离开家，换乘了无数次班车，再次历尽千辛万苦以后，我终于又回到了这个大山深处的小乡，天色已晚，更糟糕的是，天气骤变，瞬间下起了密雨，加之漫天大雾，眼前一片朦胧，能见度只有三五米，仿佛世界末日的天空，阴沉黑暗，寒风刺骨，雾雨遮天蔽日，让人心惊胆战。

不知那天被什么魔力牵引着，或者出于父亲的教诲，我没想过在乡镇上住一晚，第二天一大早再上山返回学校。

我一股脑儿地硬着头皮向山腰爬去。

起初那段很陡峭的小路在大雨侵袭后，变得异常泥泞和湿滑。塞满了家乡特产的背包，沉甸甸地压着我。密雨下个不停，爬过一小段陡坡的我，后背早已完全湿透，却不知是雨水还是汗水。之后的好几个路段，陡峭得近乎垂直，双脚根本无法攀登，只能双膝跪地，扯着路边的杂草用尽全力慢慢挪动，膝盖被泥里的碎石划破，血和泥水掺杂在一起，黄里透着红。我满脸的幽怨，恨得咬牙切齿，想抱头痛哭一场，但根本没时间。现在最迫切的，是以最快的速度挪完这段路。

天色完全黑暗下来时，我终于挪完了那段陡峭泥泞的小路。接下来，还有近一个小时的环山马路，虽然不像刚刚的小路那么陡峭和湿滑，却得在阴森的树林里绕个没完没了。

夜幕和密不透风的雾雨山林，这在恐怖片里才有的场景真真切切地被我撞上了，一个人在这样的深山里徒步，在我人生当中还是第一次。惊恐万分、惊慌失措、心惊胆战、提心吊胆……所有形容害怕的词语现在用在我身上都不够。黑夜阴雨的大森林，哪里有一点风吹草动，便害怕得要死，多希望哪里可以看到一点光亮，哪怕是只萤火虫飞过也好啊，或者可以听到一点人的说话声……可这样的奢望并没有实现，眼前依然一片无边无际的漆黑与诡寂，山路左绕右绕却总也走不到头。我根本没有退路，周围只有无边无际的黑暗，惊恐与慌乱，为了克服眼下的恐惧，我时而撕心裂肺地狂喊，时而屏住呼吸安静下来，时而快跑几步，时而停住脚步转身往后面瞅瞅，看看有没有什么可怕的东西跟来，好像只有这样，才能赶走随时可能侵袭而来的危险，减轻对黑暗与孤独的恐惧。

熬到学校，已经晚上十点多了，杨老师一家已经睡去，学校一如既往的死寂。只剩下半条命的我换下早已完全湿透的衣裤鞋子，躺在床上便动弹不得了。

# 慢慢适应

第二天一大早睡得很沉的我被一阵急促的上课铃声惊醒，本想多睡一会儿，但教室里学生们咿咿呀呀的早读声让我再也无法安睡，我极不情愿地起了床。

杨老师看到我已经返回了学校，很是高兴，关切地问我身体恢复得怎么样了。我坚定地告诉他我已经完全康复了，其实，只有我自己心里清楚：哪有什么恢不恢复，一切都是我自己瞎编乱造的，现在，我没必要给自己找不痛快，就顺着他的意思回答，丝毫不透露一点儿实情。杨老师当然也相信了我的"鬼话"，还让我好好休息一两天再上课，学校的事有他顶着，我向他保证自己早已没有什么大碍了，可以正常进行工作了，并为自己的"小聪明"暗自窃喜。

那天早上，杨老师特意到村里买来一只很肥的大公鸡，为我的回归接风洗尘，也顺便帮我补补身体。饭桌上，杨老师像父亲一样，对我嘘寒问暖，并嘱咐我："这个地方在高山，天气变化快，一定要多穿衣服，照顾好自己。"

他还说："有什么困难一定要告诉我，我们在一所学校共事就是一家人，不要见外。"

"嗯，好的，杨老师，谢谢你！"我连忙回应他，并被他的纯朴与温暖感动着。想到我之前的幼稚及对他的不敬，我顿时心生愧疚，接着向他道歉："杨老师，以前不懂事，有得罪您的地方请一定多多包涵。"

杨老师一脸的和气，轻柔地说道："小王啊！不要把那些小事放在心上，你不说我都想不起来了，话说回来，其实我也有做得不好的地方。"然后我们对饮了一小口茶，他接着说，"你一个大学生被分到这里也确实委屈你了，在这么艰苦的地方工作你也没什么抱怨已经非常不错了，原来乡上也来过很多大学生，看到这里的艰苦条件，待不住，第二天就溜了，还是在乡上就溜了，你能在山头上坚持到现在已经非常不错了。"

他两次说"非常不错"让我心生愧疚，其实他哪里知道：我又何尝不想跑呢？此刻，我深切地感受到杨老师的真诚与纯朴，本想把这几天发生的一切告诉他，但话到嘴边又咽了回去，只是对他回了一些客套话："这其实是因为杨老师您对我的关心，才让我坚定了留下来的决心，您不愧是德高望重的师长。"

说罢，我俩都笑了起来，杨老师笑着摇摇头："哪里哪里，你过奖了！"然后二人像多年不见的老朋友一样继续说笑，那一刻，我对杨老师充满了歉意与敬意，更多的是感激。

吃完午饭，我们回到各自的房间小憩。下午还有两节课，现在得养足精神，化去困意，以迎接新的教学任务。

一眨眼的工夫，下午课的铃声便响了。我晃晃悠悠地走进教室，班上那些平时古灵精怪的小屁孩当然也知道我这几天"生病"的事情，我刚走上讲台就有学生站起来对我说："老师，听说你这几天生病了，有没有好点啦？"边说边从书包里掏出两个鸡蛋，笑眯眯地继续说道，"这是我家老母鸡生的土鸡蛋，我妈叫我拿给你补身体。"说完走上讲台把手里的鸡蛋递给我。

我不好意思地接过来对他说道："你给了我，那你吃什么呢？"

他有点儿不好意思了，吞吞吐吐地说："老母鸡……还会再下的！"

说完，全班同学都笑了。

接着又有一个小女生从抽屉里拿出一个大苹果递上来对我说："老师，这是我爸爸去镇上买来的苹果，希望你吃了以后马上就能活蹦乱跳的！"说完得意地笑了起来。

"老师，这是我妈妈自己种的香蕉，给你。"又有学生递上自己准备好的礼物了，这一次，是个打赤脚的小男孩，说完把鼻涕狠狠地吸了回去。

……

路远中午没有回家的同学在纸张上画上祝福的图画，并小心翼翼地递给我，虽然画得很凌乱，甚至看不清是什么，但每一张纸上，我都能感受得到这些小家伙对我不一般的爱。

大概是我走后杨老师教育的结果，又或是孩子们担心再也不会有王老师了，那天下午，几乎所有学生都用自己的方式给我送来了温暖。想不到这群平日里调皮得鸡飞狗跳的孩子，现在竟然这般可爱，我被他们的举动震撼了，想起以前对他们的不耐烦和胡乱起绰号，以及对工作的敷衍了事，倍感愧疚。这群外表看起来脏兮兮的山里娃，内心其实如此单纯与善良，我想用深情的姿态去感谢他们对我的关心，又有些难为情，就在内心深处暗下决心：今后一定尽自己所能，认真教大家学习，并用自己的所有力量给他们的童年带来快乐。

之后的日子，我用心备课，认真批改作业，激情满满地度过课堂上的每一分一秒。所有学生像成长了一大截，都很配合我，响亮地回答问题，认真地写作业，乖乖地遵守课堂纪律，我们像吵架之后重归于好的小伙伴，彼此给对方传递着温暖与正能量。那些日子，是我来到这个山头之后第一次经历的快乐与轻松时光。

班上有一半的学生来自另一个寨子 —— 明子山，从学校出发往山顶方向走，大约需要四五十分钟。这些孩子每天很早就自己起床做饭，然后用塑料袋包裹起来装进书包便赶往学校，中午放学后他们没有足够的时间回家吃饭，在本寨的同学回家后，他们各自找个偏僻的角落吃饭，我时常看到他们捧着塑料袋里的饭咀嚼，没有筷子没有蔬菜，偶尔会见点儿咸菜，再没有其他了，看上去已经很冰凉了。我有时会用自己的锅帮他们加热一下，条件有限，只能做这么多。他们吃完饭，或在坡头晒太阳，或在凳子上画画……这一幕幕呈现在眼前，常常莫名的心酸。那些年的边疆山区，能有什么好条件呢？除了无奈再没别的了。

直到下午全天的课结束后，他们才相约着赶很远的山路一起回家。第二天又重复着同样的场景，冬天的早晨，他们摸黑行走，下雨的午后，他们在泥泞的山路上举步维艰，只有天气晴朗的日子，一群小伙伴走在上学的路上才最欢腾，这时候，他们会快乐地你追我赶，脸上挂满天真的笑容。

一连下了好几天的雨，终于放晴了。在一个阳光明媚的午后，放了学，闲着无聊的我来了兴致，决定跟明子山的学生去他们那里看看。听说我要跟他们去，一大群孩子兴奋地围在我宿舍门口等我，生怕我说话不算数。

一切准备就绪，孩子王带着一群七八岁的娃娃浩浩荡荡地出发了，戈它寨子一个平时顶调皮的被我之前取名"黑豆"的小男孩也跟着一起来了。

一路上，女孩们边走边采摘路边的小野花，等凑足了一束就快乐地跑过来递给我："老师，这是我们采的小花，送给你。"

我高兴地接过鲜花反手插在"黑豆"衣领上，打趣地问女孩们："黑娃美吗？"

女孩们被逗得哈哈大笑："鲜花插在牛粪上啦！"然后快乐地向前跑去。她们的登山能力超乎我的想象。

被戏弄了的黑娃也不生气，高高兴兴地继续和别的男孩打闹追赶。山间小路上一片欢声笑语，小鸟为我们伴奏，清风吹去我们的劳累，阳光照耀着每个孩子的笑脸。

爬了好长一段陡峭的山路以后，我以为离他们的村子已经很近了，却被告知我们只是走了一小半的路程。两腿早已酸软，全身一点儿力气也没有了的我有点想放弃了，这时，我看到一位背上压着一个鼓鼓的书包，全身的汗水把衣服都浸透了却仍在奋力攀爬的小女孩，像只小猴子一样活力满满。想到她每天都像现在这样一遍又一遍奋力地攀爬这段山路，我羞愧地收起了刚才的软弱，继续拼命地往前爬去。

筋疲力尽很久以后，一个不大不小的村庄显现在眼前，看着眼前高耸在云里的村子，我不禁惊呼："这里是天上的村子吧！"

孩子们得意扬扬地把我带到他们这里风景最壮观的石山顶，我被眼前的画面惊呆了：几块上百吨重的巨石直插或横立在陡峭的山崖上，被旁边无数身材怪异的暖白尖石簇拥着，石缝里生出许多矮小的奇花异草。平视远处另一边天际，无数山头绵延向无限远……

在广阔的天际下，我并不觉得自己渺小，反而有种天人合一的幻觉，仿佛自己也是这茫茫天际的一部分，心境如此清澈旷远。我坐在大石中间，孩子们围了过来，天地是舞台，险峰当幕布，清风伴奏，花草伴舞，我带着大家唱起了《隐形的翅膀》："每一次，都在徘徊孤单中坚强；每一次，就算很受伤也不闪泪光。我知道，我一直有双隐形的翅膀，带我飞，飞过绝望。不去想，他们拥有美丽的太阳。我看见，每天的夕阳也会有变化……"

似乎是被我们优美的歌声感染了，风儿更加起劲地奔跑起来，小花小草更加兴奋地舞动起来，连偶尔飘过的几朵白云也都激动得手舞足蹈，千变万化，陶醉在这优美的天籁之音里。

回来的路上，我和"黑豆"两人像是一对从小玩到大的小伙伴，兴奋地奔跑在下山的路上，大口大口地呼吸着洁净凉爽的空气，开怀大笑。他忘记了自己是个二年级的小学生，我也忘记了自己是他的老师。

晚上躲进宿舍，灵感大发，酝酿了几分钟以后，我便写下了这首《艳阳天赞》：

艳阳天赞

晴空印蓝，幻云流白。

耸峰叠翠，溪流潺潺。

白云疏处，天宫陨落。

烟云消散，昨日人间。

久雨终阳；

须飞融自然，景人归一。

天为被，地做梁。

风逐乏困，阳驱暗浊。

花容暖心，叶貌激志。

江山如画，心浪滔滔。

梦为星塔，双脚踏上。

一曲"乡居小唱"，

笑赞，笑赞，

一程人生狂途。

日子一天天过去，我慢慢适应了这里的生活，也慢慢丢弃了原先的无知和浮躁，用尽全身力气为这里的教育事业尽自己的一份绵薄之力。

# 山里的主持人

　　边疆民族，人人能歌善舞，几乎每个寨子都会成立一支文艺队，文艺队成员由寨子里喜欢跳舞的妇女组成，只要愿意加入的，无论年龄几何都可以。

　　接近年末的那段时间，戈它寨子要对外宣布自己文艺队的成立。文艺队正式成立的时候，要举行隆重的挂牌仪式，要为各方来客献上排练多日的舞蹈，而且还要邀请全县各处已经挂过牌的文艺队来见证。

　　那天，本地各个民族、各行各业的人们聚集在我们学校前面的场地上，准备举行一场盛大的庆典活动，摄影师、打工者、商人……都从外地赶来了。为了招待各方来的嘉宾，本寨壮实的男人忙着宰牛杀猪，妇女们则忙着排练舞蹈，老人们忙着准备仪式需要的各种物品，小孩子们穿上正式的民族服饰，把自己打扮得漂漂亮亮，杨老师作为这里的老教师帮着他们整理账单，而我是这里学历最高的人，被文艺队的大姐们强烈推举为节目主持人，在学校操场的正中央忙着彩排。

　　各村文艺队入场的时候，需要一名领队，领队由我们班本寨的女同学来担任，她们每个人都身穿民族服装，头戴大公鸡帽，双手各举着一块写有各个文艺队队名的牌子，迈着均匀的步子领着自己负责的队伍从村口入场，道路两边站满了本寨的村民，大家鼓着掌，兴奋地喊着"欢迎欢迎，热烈欢迎"，像奥运会各参赛队入场一样，仪式搞得非常热烈和庄重。

在政府领导致开幕词以后，活动正式开始了。我学着电视里节目主持人的样子，庄严却略带点小兴奋地走到场地中央，用一口自认为标准的普通话向大家宣布第一个节目："寒冬腊月，冷风刺骨，却寒不了戈它人民对远道而来的客人企盼的热情，请欣赏第一个节目，由戈它文艺队给大家带来的烟盒舞。"

中央场地被人们围得水泄不通，我人生第一次站在这样的舞台中央，难免会有些紧张，但更多的是自信与激动；第一次以这样的方式站在台上让无数人瞩目，感觉自己也成了明星，尽情地享受着所有人的掌声与呐喊。

音乐附和着热烈的掌声响起，戈它文艺队的大姐们迈着轻盈的步子上场了，双脚有规律地前进三步，又有力地后退两步，手指整齐地敲打着"烟盒"……每一个动作、每一个表情都很到位，比城里跳广场舞的大妈们有型多了。

一曲结束，场边的小孩高兴得手舞足蹈，男人们则热烈地鼓掌，小伙子们吹着口哨把自己的衣服抛向天空，女孩们尖叫着，像极了城里某个明星开演唱会。谁能想到：在如此偏远宁静的大山里，竟然会有如此热烈一幕。

和我搭档一起主持节目的，是寨子里一位外出求学归来的女大学生，二十岁左右，也穿着正式的民族服饰，打扮得很精致。我们轮流上台播报节目，这样下来也不会觉得太累，正应验了那句话：男女搭配，干活不累。

表演活动从中午两点一直持续到傍晚五六点，各个文艺队都表演了自己的拿手好戏，有《草帽舞》《插秧舞》《好日子》《簸箕舞》等，有好多舞蹈的名字我是记不住的，但印象最深刻的，要数那支有寨子里穿着民族服饰的彪形大汉参与的舞蹈，一群大老爷们欢快地在人群中翩翩起舞我也是第一次见到，没想到，这群平时喝起酒来豪爽奔放的大男人还有这等文艺的一面，真让我刮目相看。

节目会演结束时，村里勤快的大叔们早已准备好了晚餐，餐桌摆满了宽广的场地，足足有上百桌吧！舞跳累了的大姐们、激动得过了头的青年们、早已流出口水的小孩以及所有远方来的宾客围席而坐，尽情地享用着这丰盛的晚餐。

同样是入职没多久的另一批新教师之一的福是特意从另一个山头小学步行三个多小时赶过来的，他与我同席而坐。热烈的气氛让初次相见的我们如同相识了很多年的老朋友一样，一点儿拘束也没有，热烈地对饮说笑，连筷子掉到地上好几次也不在意，捡起来一抹便接着夹菜放进嘴里。福也是边疆的，比我年长一点，我便亲切地称呼他"福兄"，他称呼我"小王"，来自各地的我们一下子便成了一家人。

文艺队的大姐们为了表达自己的感激之情站起身来一桌一桌地去敬酒，边敬酒还边唱祝酒歌，祝福所有人幸福安康，唱完祝酒歌，所有人都会自发地喊一句"多撒"，就是"干杯"的意思，豪爽的人们把杯中酒一饮而尽。笑声在山谷间回荡，欢快的气息缭绕着整个村庄。

酒足饭饱、夜幕降临的时候，人们在场地中央点起了一个大火堆，能歌善舞的兄弟姐妹们又全都围过来了，大家手拉手，围着火堆跳起了"大乐作"，在酒精的催化下，每个人都尽情地舞蹈着，更兴奋地唱起了《七月火把节》，表达对对方的祝福与感激，也挥洒着浓浓的快乐气息。这一刻，身为异乡人的我第一次亲身感受到民族大团结的喜悦，所有不相识的各族人聚在一起欢歌笑语，像认识了许多年的老朋友一样，没有隔阂，不会见外。这一刻，我也深深感受到了这里人们的善良与纯朴。这个晚上，人们一直舞蹈到凌晨，直到所有柴火化为灰烬，直到全身力气消失殆尽，才依依不舍地离开，每个人脸上都洋溢着幸福的笑容。

福戴着眼镜，我穿着鞋子，共同挤在一张小床上毫无知觉地便睡去。第二天一早才发现各自的窘态，我们四目对视，不好意思地笑了起来。

由于在庆典中出尽了风头，那天以后，我成为这里最受欢迎的老师，寨子里的所有人对我更加爱戴和欣赏了，特别是文艺队的大姐们，更是把我当成自家人，亲切地称呼我为"我们的小王老师"。每次我从外面返回寨子遇到，她们都会迎上来高兴地和我打招呼："我们的小王老师回来了。"听她们这么一喊，我心里兴奋得满是化不开的喜悦，并热情地回应她们。

之后的每个晚上，文艺队的成员们都会到学校前面的操场上来练习舞蹈，一跳便是整个晚上，我从来不会觉得吵闹，反而备感欢快与亲切，有时来了兴致，我会情不自禁地和她们一起舞蹈，我俨然成了文艺队的一员。

停电的日子，文艺队的大姐们会轮流叫我去她们家里吃饭，每一次我上门蹭饭，她们都会把自家最好的蔬菜拿出来招待我，这让我十分不好意思，又被感动得一塌糊涂，心里常想：在这样的山区能有这么一群可爱的大姐，真好！

学期快要结束时，我领到了人生的第一份薪水，撕开信封，崭新的一沓钞票出现在眼前，我激动得忘乎所以，兴奋地给母亲打电话，告诉她："我终于经济独立了。"电话那头，听得出母亲也为我高兴。伴随着这样的喜悦，似乎所有曾经的煎熬和苦楚都烟消云散了，我为当初能够坚持下来暗自庆幸，也为独自无数次克服内心的懦弱和胆怯而自豪，我感到自己正在朝着成熟和强大迈进。

我用自己的工资请文艺队的大姐和杨老师一家吃饭，这让我们所有人的关系变得更加亲密了，就像一个大家庭。

# 福兄与小王

日子，忽然间轻快了许多。周末，我背上竹跨篮，步行一二十里山路到乡上去购买一整个礼拜的生活物资。山路太远，一个星期才能到乡上一次，趁赶集的机会，我会备足接下来一整个礼拜所需的蔬菜和水果，否则，就该饿肚子啦！

中午时分来到乡上，穿过一条很窄的小路便是中心校大门正对着的街道。经过校门口时，大校长正带着一群办公室领导出来了，我迎了上去和校长打招呼："你好啊！校长，吃饭没有？"

大校长看了我一眼，又厌烦似的瞪了我一下，转身继续和身边的人交流去了。

起初我以为是我声音太小他没听见，又特意加大了嗓门礼貌性地再次向他打招呼，这一次，他干脆装作没听见头也不回地离开了。

见到这样尴尬的情景，人群中的一位年轻的老师赶忙迎上来接我的话："下来啦小王，一起去吃饭吧！"

我故意装作没事的样子敷衍他："我刚刚吃了，你们去吃吧！"

他礼貌性地回完我的话后便小跑着去追刚才的人群了。

刚刚的一幕让我不知所谓，呆呆地站在原地。人生第一次热脸贴冷屁股的场景竟比想象中的还要尴尬。自己带着十足的诚意和友善问好，竟然换回如此冷漠的回应。此时，各种情绪缭绕在心头：憋屈或者恼怒，羞愧或者愤恨，不解又或是鄙视……

"背井离乡，不远万里来到这么个偏僻贫穷的山区卖力工作，没犯错没惹事没给你们添麻烦，即便还没为这里的教育事业做出贡献，也不该受到如此侮辱性的对待吧？"我怎么也想不通，一时间满肚子的怨气，怎么也开心不起来。我狠狠地把手甩向两旁，把脚重重地砸向地面，以此来发泄心中的怒火。

我继续向前，低沉地走在街道上，一副心事重重的样子。这时，迎面走来同样是周末来买菜的福。久别重逢，我们都很激动，福虽是晚我三个月才被分来的事业单位老师，但在来此教书前，他已经在社会上从事过几年其他的工作了。

这时，他见我这般不开心便关切地问我怎么了，我把刚才的事一五一十地告诉了他，他若有所思地问我："你之前有没有得罪过大校长？"

我想都没想就脱口而出："我跟他也没见过几次面，怎么会得罪他呢？"

"或者是他对你的工作不满意？"他接着跟我分析。

我想了想之后回答他："虽然刚来的时候，我确实对工作敷衍了事，但他也不知道啊！他又没有天天跟着我，况且，后来我对工作上心了呀！"

"又或者你有没有在他面前有过什么过激的行为？"福

继续跟我分析着。

此时，我一下子恍然大悟："对啊！一两个月以前，他们一伙人来我们学校，我跟他们中的一个年轻村干部起了冲突，然后……"

"可能就是因为这个吧！"福接着和我说道，"社会工作不比上学读书，更不像在家里，领导不会像自己的父母，什么事都迁就你。对你不满，就算不当场指责你，他们也会记在心上……"阿福跟我说起了他这两年在社会上总结得到的经验，也像讲故事一样和我讲述他这两年的人生经历，像大哥给自己的弟弟传授心得一样。

阿福不愧是已经在社会上摸爬滚打了几年的前辈，说的话头头是道，分析问题也条条在理。也是在那天，我第一次亲身体验到步入职场后的艰辛与无奈。

从此，我和福更是成了无话不谈、亲密无间的兄弟。在以后的每一个周末，我们都会相约到乡上去买菜，他在的学校离乡上比我远多了，走路估计得三个小时，他在学校里也没有年轻人为伴。我们有种"同是天涯沦落人，相逢何必曾相识"的感慨。

在一个阴沉冰冷的周末，我和福又相约聚在了乡上，漫天的雾雨，整个空间被包裹得严严实实，目光怎么也触不到山外面的天空。买好物品以后，空闲下来的时间也无事可做，无聊至极。我提议："今天就别待在这里了，去老城吧！"福欣然同意，他早就在这里待腻了，也想趁着周末去别的地方逛逛。

说走就走，我们把买好的东西放在一个熟识的老乡家里，便跳上一辆刚好经过的面包车朝老城方向出发了。老城原先是这个县的县城，后来因为地处山顶，范围太小，县政府便迁到海拔更低的南沙镇去了。虽说很多部门已经迁走，但论热闹程度，老城还是远超黄岭乡的。今天，我们得在那里好好感受一下久违的"繁华"。

可到了那儿却让我们失望至极，老城的天气比黄岭乡还糟糕，更浓烈的大雾、更刺骨的气息。虽然没有下雨，地面却湿答答的，面对面的人也很难看清楚对方的面容。更加冰冷的寒风让刚下车的我们直打哆嗦，从嘴里呼出的热气很快被周围的浓雾淹没，剩下模糊的划痕。

天色已晚，即便后悔想返回去也没有车子了，我和福颤抖着身子挪步在老城云雾缭绕、冰冷沉寂的街道上，街道两旁昏沉却整齐的建筑严肃地直立着身体，在雾珠的装扮下，像天边乌云里的海市蜃楼，神秘而庄严。我和福仿佛是战场上掉了队之后患难与共的战友，在遗落幻境里寻求生路。

被寒风折磨得半死的我们以最快的速度逃进一家旅馆，连脚也懒得洗，扯开被子就躲了进去。天色已经完全黑下来了，不知道外面的世界怎样，这个小城却早已在云里雾里沉睡多时。我和福伴随着远处传来的老歌《不是我不小心》悠远而扣人心扉的旋律，蜷缩在老旧的床上，本想听着优美的音律进入美妙的梦乡，怎料旅馆后面的古寺响起瘆人的敲打声，我们被吓得毫无睡意，干脆聊个通宵的天熬到天亮。

从那以后，我和福之间的关系更加默契了，之后的每个周末，他和我都会形影不离。趁着闲暇的周末，我们经常约上另外几个乡下学校的年轻老师——军、辉、祥和两位跟我一起入职的女教师芳和景，在乡上的 KTV 里面唱歌狂欢，在隔壁乡镇的烧烤摊上欢聚度日，在郭军一人坚守的学校里庆祝周末，或是相约到山脚的河边钓鱼野炊……一大群年轻人在祖国边疆的大山里生活得不亦乐乎。

# 第一次撤校

转眼间，一学年过去了。虽然在我和杨老师的共同努力下，孩子们能够流利地讲标准的汉语了，学习成绩也有了很大的提升，但我们的戈它小学，由于学生人数少，学校破旧，一些村民要把自己的孩子带到外地去上学，没生源，加之全校学生又都已经长大一岁，可以独立地照顾自己了，中心校领导考虑再三后，决定将这里的所有学生合并到其他学校去上学，以后这儿将不再继续办学。

得知这个消息以后，我不禁激动起来，心想：既然学校撤并了，那我和杨老师是不是都可以一起调入街道上的中心校了呢？这样一来，我岂不是可以比那些还在山头上的年轻同伴更早地下山，我的生活不是方便了许多？抱着这样的侥幸心理，我热切企盼着办公室发出的通知，年轻的同事们也在为我祈祷。

几天后，通知下来了，我猜对了一半：杨老师确实被调入中心校了，而我，被调到另一个山头小学任教。他们给出的理由是：杨老师已经在山头任教好多年了，理应调到中心校，而我，入职才一年，需要在艰苦的地方多磨炼一下。

对于这样的结果，我心里很失落，却又无可奈何，我只是一名小小的乡村教师，有什么权利去决定自己的去向呢？

一切都只能听从领导的安排。

离校的那天早上，寨子文艺队的大姐们早早就等候在学校前面的那块场地上，知道我们要被调走，她们特意穿上整齐的民族服饰，准备用跳舞的方式为我们举行一个隆重的欢送仪式。

同样的音乐响起，同样的舞姿，同样的节奏，只是往日希望的目光被眼泪取代，往日的欢声笑语被低声哭泣取代，往日的热烈气氛被不舍取代……我明显记得一年前大家一起送别郭军老师时的场景，那般轻快，那般欢乐！而今天，同样的送别竟会如此伤感！

"或许当初郭军离开的时候有我来接替，而现在，我和杨老师都要走了，以后，她们寨子里就再也没有学校和老师了，所以才这般伤感和不舍。"我心里暗自猜测。

这时，领舞的大姐关掉音箱，走到队前，示意大家进行下一支舞蹈："这是戈它文艺队成立以后，我们特意为小王老师编排的歌舞《我们的小王老师》，谢谢你为我们这支舞蹈队的挂牌仪式主持节目，谢谢你精彩的表现让我们在最重要的节日里没有留下一丝遗憾，谢谢你这一年里给我们带来的快乐。"

大姐们跳起了她们特意为我编排的舞蹈，很整齐，却感受不到一丝一毫欢快的气息，她们神情凝重，舞姿忧伤，想放开自我找到篝火晚会上大家一起兴奋地跳"大乐作"时的状态，却怎么也轻快不起来……那天的每一个舞姿、每一个神情都已深深印刻在我的心头。我知道，这或许是她们对我最后的表达了，以后，她们不知道小王老师还会不会再回到这里，回来与她们一起舞蹈，一道举行盛大的晚会。

我也清楚：在我懦弱得泪流满面的时候，大家陪我一起用舞蹈和笑容去赶走孤独和恐惧的场景再也不会有了。过往的画面一幕一幕浮现在脑海里，想到今后再也不会有那么一群可爱的大姐把自己当成"我们的小王老师"了，再也没有人在停电的日子把我叫到家里，拿出最好的饭菜招待我了……想到这些，我心里就充满了痛苦，有种想哭的冲动，泪水在眼眶不停地打转。虽然我确实想离开这个地方，也在心里无数次幻想过离开这里时的画面，可真正到了这个时候，却丝毫没有想象中的轻松和愉快，反而这般留恋和感伤。

车子启动了，我听到平时特别照顾我的大嫂已经哭出了声音。我的目光久久舍不得从她们身上移开，大姐们不断向我挥手喊道："小王老师，以后记得一定要常回来。"

"我们还等着和你一起跳'大乐作'呢！"

"等你来给我们当主持人。"

"……"

我早已被感动得一塌糊涂，朝她们重重地点头。这场景，就像朝鲜的父老乡亲们送别打完仗归国的中国志愿军一样。想不到，这大山深处的人们如此纯朴善良；想不到，一个只和她们相处了一年的外乡人可以占据她们那么大的心田；想不到，这离别那么伤感……

车子慢慢驶出了大姐们的视线范围，但我分明还能感觉得到她们依依不舍的眼神在看着我，就像我也在对着她们的寨子张望一样。

心情平复后，我朝着新的山头驶去。

# 第三章 夕欧——漫漫长路

# 作茧自缚

被调入的这个地方叫夕欧村，是村委会所在地，村民是另外一个少数民族。夕欧村在与戈它村相对的另一座大山腰上，一样的云雾缭绕，交通也极不便利。夕欧小学正好建在整个夕欧寨子的中心位置，学校只有一栋单独的教学楼，是用石头砌成的老旧房子，差不多有三十年的历史了，墙面上的石灰脱落得很严重，显得非常破败。整所学校，没有一堵围栏，教学楼前面是整个寨子共用的篮球场，村民们举办什么活动都在这里，这块场地也是整个寨子的公共道路，大多数人出门、回家，都要经过这里。

和我同一时间入职的辉刚来时就被分配在这所学校，还有一位早我们一年教书，年龄却和我一样的年轻老师——祥，加上一位当地的代课老师勇，便是整个学校的全部师资力量了。

全校从一到四年级四个班七八十个学生，全都是来自本寨的同一个少数民族，我们刚好一人负责一个班级。

在调来这所学校之前，我也曾跟着辉、祥他们来过这里，那些无聊的周末，我们这些外地来的年轻教师会相约到各自所在的学校聚餐。夕欧当然早就被我们光临过，而今，我得在这里长住了。辉和祥都为我的到来感到兴奋，特意为我准备了丰盛的晚饭。而我，之前已经受够了在戈它时没有同龄人的煎熬，现在来到新的学校，一下子多了两个同龄伙伴，就更加激动了，想到以后不会一个人独自面对那么多无聊煎熬的岁月了，心里就暗自喜悦。

几天后的一个晚上，学校隔壁的一户人家里响起了敲锣打鼓的声音，还燃放起了爆竹，起初我以为是他们家的人在搞某种庆祝活动，便好奇地问勇发生了什么，他告诉我："是这户人家里有人去世了，在按本民族的风俗举行丧葬仪式呢！"听他说完，我的心里不免有些害怕起来，虽然之前在戈它，有过一个人大晚上在森林里步行的经历，但现在，丧事就在自己宿舍旁边举行。学生时代的我一直是住集体宿舍的，无论碰到或听说什么诡异的事件也不觉得瘆得慌，但现在，虽然仍有同伴，但我们是单独住宿的，就算再惧怕，早已成年的我们彼此之间也不会在对方面前显露出恐惧之态，更不好意思搭伙同住。即便心里惊恐万分，我也只得硬着头皮苦撑着。

这里的丧葬仪式搞得异常热闹，除了一整晚地敲锣打鼓和放鞭炮以外，人们还会放起本民族悲沉的丧歌。男人们抬手跺脚地跳起了祭奠逝者的丧舞，女人们则披麻戴孝，整晚跪在棺木旁号啕大哭，那哀怨的哭声直叫人头皮发麻。

祥已经在这里待了两年，这些事情早已见怪不怪，很淡然的就回自己的宿舍睡觉去了。

辉的表现比我更不淡定，他身体发抖，神色惊恐，呆呆地蜷缩在所有电灯都打开的办公室。虽然之前也有过寨子里办丧事的经历，但都离学校比较远，不像这次，办丧事的人家，就在我们宿舍旁边。妇女们撕心裂肺地大哭，锣鼓一直响个不停，悲沉的喇叭声惊叫了一整晚，鞭炮每隔几分钟就会惊炸一次，每轰响一次，辉便颤抖一次，任我和勇怎么叫唤，他都不理会，一动不动地定在办公室的椅子上发呆。

第二天一早看到辉，他早已面如土色，似乎一下子就老了好几岁。虽然我也被昨晚的事情刺激得不轻，但不至于像他那般绝望，整理好心情便投入新一天的工作中了。

那天早上，辉跟我们说要请假几天，之后就不见了踪影。四五天后的一个下午，祥接到中心校大校长的通知：辉被调入中心校了，以后这所学校就由他和我两个正式老师带着勇一起负责了。

这个消息对我们来说就像晴天霹雳，又似当头一棒，狠狠地砸来。我们怎么也想不通：祥在这里工作的时间最长，我原先的学校刚刚撤并，要调也是我们优先啊！况且，这所学校刚好需要四个老师，现在冷不防地把辉调入本就师资力量充足的中心校，着实让我们寒心，更为这样的现实感到无奈和愤恨。

对本职工作，我之前的热情瞬间消失殆尽，整天懒洋洋地起床，有气无力地给学生们讲课，稍有不顺，就对着学生们大发雷霆，课讲不上几分钟便跟学生们吹起牛来，整个课堂，又变成了搞怪的疯人院。

寨子里的狗全都是放养，它们常常成群结队在村里晃悠。我们要上厕所，得经过一段四五百米远的村路。每次上厕所，最担心的就是被路边成群的狗追咬了，有些凶恶的大狗一见到生人便会猛扑上来，躲得快或是手里有棍棒时还好，可以吓唬来犯凶犬，避免被咬伤，但更多的时候，只能任狗袭击。

我是经常被恶狗追咬的，最严重的一次，五六只狗趁我没有准备时一起朝我扑来，那撕扯心扉的狂叫声，那凶恶的姿势，吓得我两腿发软，如同即将被宰杀的羊羔。还好路边有一间堆放杂物的小木屋，什么也顾不上了，我迅速逃了进去关上门，恶狗们还不依不饶地守在门口撕咬狂叫，我被吓得六神无主，死死地用手撑着门，生怕被恶狗撞开。一时间，我全身不停地冒着冷汗，心里的防线早已被撕破，哪还有心思顾及面子，更没有勇气直面恶狗。过了好一会儿，一个老大爷路过木屋，看到这样的场景，迅速用石块赶跑了恶狗，我才灰溜溜地逃出来。

我恨透了这里的恶狗和这样的村寨，想着逃离却又无计可施，工作的热情又消失了一大半。

那段时间，我上课之前是不备课的，想到哪讲到哪，毫无章法，学生能不能听懂也丝毫不关心，他们的成绩也从来不去看一眼，学生学不会的知识也不会再多讲一遍，班级成绩差到离谱也当作没那回事一样，好几个学生的第一次单元测试成绩都是个位数，有两个还考了0分，但我继续我行我素。有时，甚至干脆逃课出去玩或是在课堂上带着大家睡觉；心情不好时冲学生们发火；某个学生生病了就放他几天假让他自己一个人回家；男同学打架，我也不去阻止……

那时的我，说误人子弟完全不为过，纯粹是在瞎混日子。

而我自己的生活也是一塌糊涂。头发胡子养得老长了也懒得打理，比乞丐还邋遢，像原始人一般，一点儿教师的形象也没有。白天早早放了学便一个人躲进宿舍，什么也不做，一整天地发呆和幻想，更多的是抱怨，抱怨天，抱怨地，也抱怨每一个人。常常心情低沉得像世界末日来临一样，觉得全世界都亏欠我似的。在人们面前，还总是一副高高在上的样子，尽管我的工作和生活一团糟，却容不得别人对我指指点点，常常因为一点小事就对人大发雷霆，像极了个神经病。

祥和我是同龄人，对我的堕落无从也不好插手。我就那样肆无忌惮地糟蹋着自己的本职工作，也糟蹋着日子。

我似乎被辉的调离刺激得不正常了，时时抱怨中心校领导的偏心，偶尔还会主动和代课的勇喝酒喝得迷迷糊糊，以忘却心里的苦楚。

# 走向成熟

再次见到中心校大校长是很久以后的某个早上了，他带着另外几名老教师来我们学校检查工作。

他们这次来的另一个目的是向我们解释把辉调到中心校的原因。原来，辉离开夕欧小学的那天便找到了大校长，苦苦哀求他把自己调去乡上。起初，领导们也坚定地拒绝辉无理的哀求，向辉阐明山头老师缺乏而中心校教师早已饱和的情况，怎奈辉软磨硬泡，他们才无奈地答应了辉的请求。他告诉我们：不必想不通，我们也很快会被调往乡上的。

临走前，大校长特意把我叫到一个没人的角落，心平气和地对我说："我知道，把辉调走确实对你们不公平，但我也无可奈何，自己上面还有很多领导得应付，处理不好这些关系，自己的工作也不好开展。"

我似信非信地点点头。

这时，他突然严肃起来，两眼直盯着我说道："你这段时间是不是对工作敷衍了事，一点责任也不负？"

我开始心虚了，被他的话搞得慌张起来，怀疑他是不是得到什么关于我的消息了。我想狡辩点什么，但还没开口又听到他严厉的批评："有学生家长特意来我的办公室反映情况，说自己的孩子在你班上一点知识也学不到，反而更加淘气了。说你上课不认真，也不好好管教学生，整天瞎搞乱干，有没有这回事？"

我被质问得哑口无言。

事实确实像他说的那样，我的确玩忽职守了。那一刻，被训得像个小学生一样的我，早已没有了先前的满腔怒火，低着头，连连承认自己的错误，像个犯了严重错误的小孩虚心地在家长面前认错一样。现在，就算他对我的批评再严厉、再不留情面，我也无话可说了。

这时，他突然又温和下来，语重心长地劝慰我："小王啊！每个人都有不如意的时候，现实就是这样。我刚工作的时候比你们现在艰苦多了，没电没水、一师一校，不也一样熬过来了吗？不要让埋怨把我们的理智淹没，我们干的是为国家、为大众服务的工作，可不能有一点马虎和不满啊！不然，怎么对得起老百姓对我们的信任，又怎能对得起国家发给我们的工资呢？"

我连忙回答："是，是，以后一定尽心工作，不再犯同样的错误。"

他冲我笑笑，点点头便带着众人离去了。

而我，在他的训斥刺激下，回想起自己的种种劣迹，如梦初醒，强烈地一遍遍反思自己犯下的错误。此时，虽然被批评，却心服口服，也第一次对这位平时看着顶高傲、挺不顺眼的校长有了一丝认同，也不像以前那么讨厌他了，反而觉得他的话在理：即便仍被留在最艰苦、最荒凉的地方，也不该迷失自我，肆意妄为，我确实该反省了。

那天我满怀激情、酣畅淋漓地上了一整天课，好久没感受过用尽全力去做分内之事之后的轻松了。

放学后，村主任把我和祥叫到自己家里吃饭，还有几个村里管事的小组长一起。说是吃饭，其实就是喝酒。按照他们这里的规矩，客人上桌，得先与主人对饮一整杯烈酒，以表示尊重。既是本地风俗，我们都不好拒绝，端起整杯酒便一饮而尽，本就没什么酒量的我在这一杯烈酒的刺激下瞬间便飘飘然了，神经开始兴奋起来。

这里的男人都嗜酒如命，个个是公斤级的大酒量，尤其是村主任，他又高又胖的身体估计能装好几斤酒吧！听旁人说，跟别人拼酒，他从没有醉过。

村主任和其他的人频频向我和祥敬酒，说这是对我们老师的一种尊重，我们当然是不能拒绝的，加上刚才的醉意，我一次次豪爽地与他们大口对饮。慢慢地，我眼前的事物开始晃动，听到的声音像是从天边传过来的，想法也完全不受自己控制了。模糊看到桌前面目狰狞的大汉们相互劝酒，就像喝水一样，有几个人也开始飘飘然了，嘴里发出粗犷的叫骂声，周围的人却不当一回事，继续拼酒。我看大片般欣赏着眼前热烈的场面，身体内早已翻江倒海般难受，几次想呕吐都憋了回去。这时，村主任把注意力转移到我身上，端起酒又要和我干杯了，呵！我当然没有半分犹豫，不就是大醉一场吗？其实，我早想来一次轰轰烈烈的醉酒了，大老远地来到边疆大山区工作，历尽艰辛，还受到那么多不公平的对待，心里满是憋屈与愤怨，今天算是劫后重生，以后，我必会迎来全新的自己了吧！想罢，我一口气又把一整杯酒喝尽，为过去，也为未来，而村主任也干完自己杯里的酒回敬我，并满意地对着我笑。

在大量酒精的催化下，我开始肆无忌惮地同大家讲笑话，也趁着酒意把心中的不满一吐为快。一时间，我成了一桌人的焦点，大家好奇又神经兮兮地听我诉苦，讲得身体都左右摇晃，旁边的老大哥看我颤颤巍巍，在我快要歪倒在地时，急忙关切地把我扶稳，我故作镇定，冲他吼道："没事，我还能喝。"说完准备把地上的酒桶举起来狂饮。

周边的人看我醉得不轻的样子，连忙阻止我，并耐心地安慰我："别怕兄弟，以后这里就是你的家，有什么事找我……"

"注意身体啊小王老师，别喝了……"

"是啊！身体重要，不能再喝了。"

……

我早就忘乎所以，手舞足蹈，刚刚酒桶里的酒没喝到，衣服却全被酒水弄湿了，之后便意识全无了。

第二天早上清醒以后，我躺在自己床上，身体被厚厚的被子包裹着，床边的桌子上，放着一个大白碗，里面还装着不到一半的凉水，地上，一大堆呕吐物熏得满屋子难闻至极，我想，那一定是我昨晚的"杰作"吧！在靠近床边的垃圾桶里，有几支空葡萄糖针水瓶……

正当我回忆着昨晚发生的事情时，耳边响起了咚咚咚的敲门声，我懒懒地起床开门，却被眼前的一幕惊呆了：我班上的学生整齐地等候在我的宿舍门口，看到我出来热情地挤了过来，用关切的目光看着我，好像生怕我再也起不了床一样。

孩子们手里捧着各种吃的：果果双手捧着一大把香蕉，旁边的小姑娘抱着一棵大白菜，原来被我捉弄过的小胖双手死死地拧住一只小母鸡……

见到我没事，果果把香蕉递给我高兴地说道："老师，你没事真是太好了，我还以为你再也醒不过来了呢！"说完，天真地笑起来。

"是啊！老师，我们可担心你了。"一旁的小个子男孩抢着说道。

小胖也忍不住了，呆萌地向我诉说今早发生的事情："老师，我们今早来到教室，你没来，祥老师说你昨晚大病一场，今早可能起不来了，叫我们自己看书……"

"陈果果让大家回去拿吃的来看望老师，我们跟祥老师请了假后就跑回家准备了。"一向很懂事的兰兰说道。

"这是我妈妈……叫我……拿给你的水果，老师。"苗苗吞吞吐吐地对我说道。

……

同学们你一句，我一句，都争着向我表达关心。从他们着急的眼神里，我似乎看到了他们回家跟父母索要物品时的场景：女孩们急切地向爸爸阐明情况，征得大人同意后才安心地把家里的蔬菜水果拿出来；男孩们遭到拒绝后，趁妈妈不注意，偷偷把自家的东西揣在怀里，溜出了家门……

我突然不敢正视孩子们的眼睛了，转过身，鼻子一阵酸楚，心里五味杂陈，特别不是滋味。从来到这所学校的第一天起，我仗着没人监管，我行我素，从来没有认真负责地上过一堂课，更没有关心过哪个孩子，哪怕只是一丝一毫。今天这一幕，像极了一年前在戈它当逃兵回来后的场景。一年了，我又回到以前那种得过且过、怨天尤人、满心负能量的愤青状态了。

我究竟是怎么了？这么大个人了，稍有不顺，就自暴自弃；成为大人也不是一天两天了，却还是没有半点成熟。想到这，我的内心充满了自责与懊悔。我终于明白也坚信：即便自己改变不了身处的环境与现实，但应该也必须改变自己的心态去适应甚至热爱这里的一切。

我调整完心态，立马转过身，小心翼翼地接过孩子们的礼物，然后一本正经地对他们说："同学们，快回教室，我没事，马上就来。"

孩子们重重地点点头便朝教室跑去。

此时离放学已经没有几分钟了，但我知道：我已经没有任何余地去浪费同学们的时间了，就算一秒钟也不行。我内心澎湃起来，这是一种我从未体验过的感觉，与之前受到鼓励后的激动心情和被别人的壮举感动到时的心情都不同，是人生道路中品尝到的新滋味了。

而对孩子们的感激之情，现在三言两语也表达不清楚了，我想，就用今后一点一滴的实际行动来证明吧！

尽管肠胃还在剧烈的疼痛，浑身毫无力气，但，在这"觉悟后"的几分钟里，我拼命挣扎着，使尽最后一滴力气给同学们上起课来。

我暗下决心：就让这用意志苦撑的一堂课作为我迎接全心工作与生活的开始吧！

中午吃饭时，我迫不及待地向祥询问了昨晚发生的事情。

原来，我意识模糊后，便一头栽倒在桌子上睡着了。祥和一位大哥担心我，便轮流着把我背回宿舍，帮我脱掉鞋子和弄湿的衣服，扶我上床，帮我盖好被子。刚要离开，却发现我开始剧烈地呕吐起来,那惨状,就像是案板上被捅了刀的羔羊,表情十分痛苦,拼命挣扎着。看到我如此痛苦的样子,祥奋力奔跑到村医务室给我买葡萄糖针水,刚刚背我回来的大哥守在我床边,学校隔壁的一位大嫂见状,赶忙从自家烧来一大碗开水……怕我有什么异常,大哥和祥给我喝完葡萄糖和凉下来的开水后,默默地在我床边守着,直到深夜,见我已沉沉地睡去,才帮我关上门,轻轻地离去。虽然他俩也喝了许多酒,但离酒醉还差那么一点,所以才能悉心地照顾我。

听他说了那么多,我竟然一点儿印象也没有,但想到早上起床时看到的场景,我确信自己昨晚断片了,他说的一点儿也不假。

我突然不好意思起来,不停地感谢他:"祥啊,太感谢你们了,要是没你们的照顾,后果不堪设想啊!谢谢!谢谢!"

他冲我摆摆手,笑着说道:"我们兄弟之间不必那么客气,以后还得相互照应呢!"

"对,对,要相互照应。"我连忙答道。

一时间,我对这位早我一年入职的同龄人佩服万分,也心生愧意 —— 两个星期以前,我还因为一点小事吼过他呢,现在他不但不记恨我,反而那么照顾我,我心里面更加认定这个兄弟了。

这件事后,我转变了对夕欧人的看法。原来,他们竟如此善良纯朴。那善良的气息,渗透在昨晚的大哥大嫂和每一位村寨成员的血液里,让我再一次坚定了自己为这里的教育事业倾尽全力的信念。

最重要的是:我要从跌倒处光明正大地站起来!

以后每上一堂课之前，我都要花两倍的时间去备课。尽管只是小学知识，我也一丝不苟地写教案，查阅课外资料，把课本需要讲解的每一个细节做到位；也用心地研究小学生的心理，做到对班上每一个孩子了如指掌，以便找出最高效的对策让他轻松地获取课本文化知识。我还悉心地向其他学校教学经验丰富的老教师学习。班级管理上，我也用心做到最好：对于淘气的孩子，像父亲般严厉地教育又如母亲般温柔地安慰；对取得好成绩的孩子，给予表扬的同时也不忘劝导他不要骄傲；学习跟不上的同学，就让他放学后到我宿舍单独教授，直到完全弄懂为止；生病的孩子，我不会像以前那样，叫他自己回家，而是先背他到村医务室打针，然后再将他送到父母手里才放下心来。课余的时候，我会教大家唱歌、做活动……我再也不给学生们取绰号了，更不会去捉弄任何孩子了，也会为某个孩子的哭泣而难受，为某个学生取得的好成绩而欣喜若狂。

在我的全力付出下，班级向着上进、优秀、团结、乐观的方向驶去。

岁月恢复了对我的仁慈，让我充实、快乐地度过每一天。我渐渐在这里找回了乐观的生活态度，并开创了全新的生活风貌。

# 送别母亲

又是一年春暖花开时，这已经是我教书生涯的第三个年头了。我渐渐爱上了教书这份工作，也适应了边疆山区的生活，并在这里找到了生活的乐趣，也慢慢成长、成熟着。原先那个胆小、自卑、懦弱、不切实际、不负责任、初生牛犊的我逐渐变得成熟内敛、脚踏实地，对本职工作认真负责，对身边人友好热情，对困难挫折迎难而上。

可母亲并不清楚她儿子的工作情况、工作环境等，她急切地想知道我在异乡的一切。一个周末的早晨，我接到母亲打来的电话，说她已经买好了来我这里的车票，叫我第二天中午到市里接她。我一时间惊慌失措，不知该怎么办才好。怕母亲看到我如此恶劣的工作环境而担心，想劝她别来，却又十分想念她，也想趁此机会看看她。我犹豫着，而电话那头，母亲坚定地告诉我：她一定要来看看我才会放心。我拗不过她，只好答应了。

第二天一大早，我搭上乡街道上的面包车，又换乘了两次车以后才到达县城，进入车站，我以最快的速度买了直达市里的班车票。此时，母亲打来电话，说自己已经从省城到市里了。我焦急万分，从县城到市里有100多公里，路又绕又颠簸，我至少得两三个小时才能到。母亲那么大岁数，一个人在远离家乡的车站会不会有什么危险，况且，车站会不会有骗子和坏人……想到这，我的心直提到嗓子眼，更加焦急了，心里暗暗催促：车子啊！请你快点，再快点，我真的有很要紧的事情。但任我怎样焦急，车子还是慢悠悠地行驶着。我只好按耐着性子苦苦煎熬，数着时间：一秒、两秒、三秒……

时间慢悠悠地过去了好久好久，我想此时母亲估计早就等得不耐烦了吧！我的心，就跳得更加猛烈了。

车子终于到达市里的车站了，找到母亲时，我看到她一个人孤独地蹲在车站入口处，对，就孤零零的一个人！她头上包裹着一条很旧的粉红色顶巾，满头的白发争先恐后地往外挤，身穿一件暗灰色带点白色小花的旧棉衣，一条土色的帆布裤子上缝着好几个补丁，脚上穿着一双灰黑色单调的老年布鞋……母亲一如既往的朴素节俭。可她背上一个大大的粗布背包却被塞得满满的，我想里面一定是她从家里精挑细选、精心准备拿来给我的东西吧！此时，母亲脸上写满了沧桑，那单薄的身影，那弱小的身躯，那疲惫的面容，在嘈杂喧嚣的车站入口处那样平凡，却也那样高大，这一幕深深印刻在我内心最深处。

原以为母亲见到迟来很久的我会很生气，责备我不顾她的感受拖拖拉拉，让她苦苦等候。可当母亲见到我出现时，马上变得精神起来，背着大包猛地站立起来，脸上露出幸福的笑容。

我激动地叫了一声："妈……"

她见到我，赶忙迎过来激动地对我说："你来啦！还没

81

吃饭吧？一定饿坏了。"说着把背上的包取下打开，拿出两个又大又软的白馒头递给我。

"快吃吧！这是我昨晚和面做的，特意带来给你的。"母亲的语气非常温和。

在人来车往的路口，我有点儿不好意思，赶忙叫母亲先把手里的馒头塞回背包，告诉她："这里灰尘太大了，待会儿找个安静的地方再吃吧！现在我也还不饿。"

母亲想说点什么，话到嘴边又咽了回去，小心翼翼地把刚刚拿出来的馒头塞了回去。

其实，我非常理解母亲对我的关心，刚刚下车见到母亲的那一刻，我的心早就被深深地震撼了。母亲平时很节俭，几乎从来不轻易给自己添置一件新衣服，总是穿姑、姨们送来的旧衣裳，一件衣服穿好多年，破了，就自己补，实在破得没法补了，就拿去做成被子或枕头。为了我们姐弟俩人前比得上别人家的孩子，母亲这许多年来，吃了数不清的苦，熬到今天，两鬓早已斑白，却为了不给我们增加负担，生活依然过得十分朴素。

此时看到母亲弱小、单薄而苍老的模样，我的眼泪又来了，直在眼眶里打转。我赶忙接过母亲的包背在背上，包沉得超出我的想象，可想而知，从家背到这里，母亲受了多少罪，我的心不停地颤抖着。

离开车站，我带着母亲找了一个安静的公园。在一棵大树下的石凳上，打开包，我拿出刚才的馒头递给母亲，她直摇头，说自己已经吃过了，叫我赶快吃，别饿坏了，她只是有点口渴了，想喝水，我连忙站起来要去买矿泉水，母亲赶忙阻止我说："这里是公园，水一定很干净。"说着便起身朝不远处的一块草坪走去。

我想阻止母亲，可她已经走远，我对着她的背影喊道："妈啊，自来水怎么能喝呢？我给你去买水吧！"

她边走边回答我："你妈我从小就是喝自来水长大的，有什么不能喝的呢？矿泉水是你们年轻人喝的，我可喝不惯。"说完便打开草坪上一个水龙头大口大口地喝起水来。我坐在背包旁边，眼睛直盯着母亲，心里五味杂陈。

小憩后，我带着母亲在市里最热闹的街上逛了逛，她说："赶路要紧，我们老年人对逛街可不在行。"

我听从了母亲的建议，买了一些生活用品后便直奔车站。

母亲本来就会晕车，现在，得在蜿蜒盘旋的山路上绕五六个小时，我担心母亲受不了，要给她买晕车药，她却坚持不让我买，说坐上车坚持一下就到了。我知道：母亲不愿让我为她花她认为不必要的钱，哪怕只是买一粒小小的晕车药。

我拗不过母亲，只得带她坐上班车。

行完一小段笔直宽阔的高速路后，车子便驶进大山了。山里的好多路段，来来回回绕千百遍也好像还在原地，从山脚看山顶的路口，就在眼前，车子行驶上去却远得似乎走了"到达天边的路程"，车窗外的悬崖峭壁，看一眼便让人直打哆嗦，心有余悸。

母亲低着头，使劲抵靠着前排座椅的后背，双眼紧闭着，额头上流出大颗大颗汗水，全身剧烈地颤抖着……任何人都无法体会母亲当时的痛苦。如果可以，多想让老天将母亲晕车的痛苦转移到我身上。而我却只能眼睁睁地看着身旁最亲最爱的人忍受着巨大痛苦，自己却无能为力。我的心，不住地在滴血。

对母亲来说，从市里坐车来到我工作的乡镇上所经受的折磨，就像唐僧去西天取经历经的磨难一样。为了来看看她儿子的工作环境，原本已经白发苍苍的母亲再一次经历了人生最大的磨难。

车子到达黄岭乡时，天色已经完全黑了。下了车，母亲早已被山路折磨得没了一丝精神，却硬撑着在我面前站直身子说自己没事，我心疼地搀扶着母亲，找到一家便宜简陋的旅馆住下，打算第二天一大早再上山返回学校。

躺在床上累得瘫软无力的我感觉没睡几分钟就听见窗外传来大公鸡扯着嗓门拼命尖叫的声音，我像没听见一样继续懒洋洋地赖在床上想多睡一会儿。母亲却早已在洗漱了，见我还在沉睡，便催促我起床，说趁着早上清新的空气好赶路，我只好挣扎着起身，迷迷糊糊地洗脸漱口。

从乡上去夕欧小学，如果走大路，是十几公里的环山土路，又弯又陡，还坑坑洼洼，坐车也得两个小时才能到。我们没有交通工具，只能顺着小路爬，小路是一条比通向泰山顶的石阶路还陡峭的泥泞山间泥土路，非常狭窄，只能容得下一个人通过，最宽的地方也不会超过一米。从下面往上望去，就像弯弯曲曲的天梯被仙人从云里放下来一样。路的两旁，长满了杂草，掩盖住小路的去向，稍不留神，就会把小路弄丢。

我们每个周末都要在这条小路上来回爬一次，已经习惯了。而母亲岁数大了，还是第一次来，要登上夕欧，如同爬到天上一样。那天早晨，正值下雨，路面湿滑无比，如果不抓着路边的杂草，就算是顶厉害的登山运动员也根本爬上不去。我背着沉沉的背包，一手扯着前面的野草和树枝，一手拉着身后的母亲，半步半步地向前挪动着。

母亲对我说，自己活了大半辈子了也没见过这么大的山，这么难走的路。我安慰母亲叫她放心，这条路我已经走了一两年了，很快就到了，母亲用尽全力攀爬着。

全身的衣服都被汗水浸透了，而雨水，只能做个陪衬或者正好给我们浇浇凉。大山凹里的夕欧村出现在眼前已经是中午时分了，走进学校卸下背包，如同插上一对翅膀，瞬间轻松得快要飞起来了。

母亲也休息了好大一会儿才缓过气来。她环视着这所小学，突然间眼泪便流下来了，我问她怎么了，她边擦拭眼泪边对我说："这么艰苦的地方你是怎么熬过来的？"

我连忙拉着她的手安慰道："习惯就好了，其实也没什么的！"

母亲低下头若有所思地说："你从小到大在我的庇护下长大，一下子来到这么偏远、这么困难的地方，一定吃了不少苦吧？"

"我……"我刚要说话。

突然，她表情坚定、语气强硬地打断我的话："跟我回去，在哪里不能工作呢？没必要非得在这离家远，环境又这般恶劣的地方活受罪。"

"可是，妈！我带的学生非常听话，现在学期刚过一半，我走了谁来教他们呢？况且我已经适应这里的生活了，你放

心吧！"我坚定地说。

母亲还是不死心，接着劝我："我的命已经够苦了，怎么你长大了还要接着受罪，老天对我们实在太残忍了。"说完眼泪止不住哗哗往下流，全身打着哆嗦，伤心欲绝。

这是我也不知道多少次看见母亲为我流泪了，当我生病时，离开家乡时，心情沮丧时……我知道，从小到大，母亲没日没夜地辛勤劳作，点点滴滴都在为我着想。今天，再一次看到母亲悲痛地流泪，我的心彻底被击碎了。可现实就是这样，我们都只能接受。

我一把搂过母亲，心疼地安慰她："妈，没事的，过不了多久，我就可以调到乡上工作了，这里虽然没有热闹的街市，但是可以磨炼自己，还能省钱呢！"我一脸轻松地接着说道，"我爸不是说过吗？这么多的工作，总得有人去做吧！你不做我不做，那谁去做呢？干什么工作，在哪里工作，其实都一样，习惯了就好。"

听我这么一说，母亲恢复了情绪没再多讲什么，只是坐在窗子边默默地发呆。

接下来的这一整个星期，我表现得异常兴奋，激情满满地上课，课间休息时还哼起了小调，体育课上带着同学们轻松快乐地做游戏，放学后跟村里的大叔们打起了篮球……在母亲面前，我不敢流露出一丝一毫低沉的情绪，怕她看见又为我担心。

慢慢地，母亲之前的担心一点点退去，一个星期以后，她终于完全放下心来。见到我在这里生活得很开心，她不再为我难过了，告诉我，她想回去了。

　　星期六下午，带母亲来到乡街道上逛了逛后，我叫上福、祥和另外几个同伴，一起送母亲到老城赶开往家乡方向的夜班车。

　　又是遮天蔽日的雾雨天气，老城的街道湿滑而死寂。我带着母亲走进这里唯一的一座小超市，看到二楼玻璃窗里精致的儿童服装，母亲满心欢喜地走过去，说大老远来到这里，要给我姐家的孩子（母亲的外孙女）买一套衣服，我接过母亲挑好的衣服就要去付钱，母亲立马阻止了我，执意不让我掏一分钱，说我在这边工作也挺不容易的，她还能挣钱，不必为她担心，我拗不过母亲，只得顺从她的意思。

　　母亲舍不得让我出钱去饭店吃晚饭，便在街边买了一个当地的玉米饼充饥，说味道比家乡的还好。其实，我清楚母亲只是不愿给我增添负担而已。

　　我记得，那是我唯一一次送别母亲，以前一直都是母亲送我出远门。如今，母亲乘坐的班车逐渐消失在老城的路口，我仿佛见到母亲单薄的身影又缓缓朝自己走回来，我的心轻轻一颤，仔细一看，却只有雾雨飘浮在那里，眼睛瞬间又充满了泪水。多希望母亲朝我走来，哪怕让我再拥抱一下也好啊！可此时，除了雨雾和冰冷外，什么也没有了。我呆呆地定在那儿，忘了时间和世界的色彩，大脑一片空白，心却剧烈地颤抖着，是担心母亲的安危，舍不得母亲，或是被母亲深深的爱震撼到了……所有情绪交杂在一起，一时间竟忘记了自己置身于天地之间。

# 青葱岁月

新学期又开始了，黄岭乡分来一批新老师，琳是其中的一位女老师，她长得十分清纯可爱，性格也很和善，圆圆的脸蛋上印着两个浅浅的酒窝，十分讨人喜欢。她被分到国防路旁边的一所小学，交通相对便利，距离我在的学校也不过一二十公里路程。我和祥一有时间就会来到她的学校，度过一个又一个轻松快乐的周末。

慢慢地，我对琳的好感日益加深。

家里人已经多次打来电话，催促我找人生伴侣，说既然已经适应了这边的工作和生活环境，岁数又一天天增长着，就该考虑成家的事情了。加之身边同事和朋友的煽风点火，我便鼓足勇气，试着去接触了解琳。我和她之间也多了很多交流和默契，彼此一起谱写着我们之间的小故事。

一切似乎都非常顺利，我时常趁放学后主动找她聊天，经常给她发短信，自己创作或者抄写一些小诗给她。

在乎的

我在乎的，不是你的体重有没有升，而是你今晚有没有吃饱；

我在乎的，不是你今天打扮得够不够漂亮，而是你今天穿那么少会不会冻着；

　　我在乎的，不是你快乐的时候有没有人分享，而是，你难过的时候，有没有人陪伴在你身边，为你分担；

　　我不一定会天天给你打电话，但每一次打完电话，我都要等你挂断后我才挂；

　　我不一定时时都在你身边给你快乐，但我会把我们二十年以后的生活场景在脑海里布置一遍又一遍；

　　我相信我们的缘分，就算全世界都觉得我们不合适，我还是会一直一直守护你。

### 黑夜里

黑夜里，我不会再害怕，

因为我时时都能感觉到，你，就在我身边，

再怎么深的夜，

漆黑里、小道上，

想着你的样子，哼着小调，满身的力量，

黑夜也像白昼一样，五彩缤纷，

希望你也不要再害怕，

因为我也时时刻刻在你身边。


　　虽然小诗的内容确实是赤裸裸的示爱，不过一直是写在纸上以送礼物的形式向她传达的，从来没当面提过我喜欢她，我们一直保持着一般朋友的状态，各自也不会感到太尴尬。就这样，我们之间原先的生疏感荡然无存，慢慢地，彼此间熟识了许多。我也常常绞尽脑汁编辑一些幽默的小段子逗她开心，我感觉得到她也乐意回复我。

　　"么么……你说的很有诗意哦，而且你是唯一一个听过我名字而没有说像男生名字的人。"

　　"你们要来玩就来嘛，还找什么借口呢？"

　　"么么……这个世界真奇妙，怎么像你这么腼腆的人，也说得出这些嬉皮笑脸的话来，大哥啊，不要学坏了哦。"

　　"王大哥啊，怎么那么晚了还没睡了。怎么说得我是一天只会傻笑啊。"

　　"我也很高兴认识你们，跟你们在一起很自在，一点也不拘束，还有你真的很可爱，我永远都会记得：'这个是买来喝的吗？''不是，是买来玩的。''那我就不喝啦。'天啦，当时怎么就有那么可爱的你了，怎么我会那么坏，哈哈哈……"

　　"你很注重与人相处，是一个很有内涵的人。我不知道为什么到最后我哭了，也许是你说的太感人了吧。"

　　"天啦，你比我想象中的幼稚得多。虽然我是90后，也没你那么幼稚啊，干脆我做你姐好了。因为你平时看起来是个很腼腆的男孩，跟你说话我都觉得挺腼腆的，不过跟你接触下来'腼腆'用得一点都不恰当。"

　　"我什么时候只发一个字给你了，我觉得逗你挺好玩的，比我兄弟都还逗。"

　　"我是觉得你的逻辑好幼稚啦，怎么想着去和我侄子比呢？我侄子才一岁半，哈哈……你越来越小了。那你不怕再和我说几分钟的话你就没了，哈哈……太好笑了。"

那些日子，虽然环境恶劣、条件艰苦，却是我有生以来最开心的时光。

为了方便与琳接触，我特意买来一辆二手摩托车，之前，我从来没开过那玩意儿，可现在，我使尽浑身解数，几个小时就学会了。表面上，我内向老实，不善言辞，其实，我的内心里装着别人看不出的丰富多彩。我会经常找一些借口骑着那辆旧摩托车来到琳的学校，或是给她送一些生活用品，或是帮她整理房间，或是给她提供教学资料……这个时候，琳也不好拒绝，默默接受着我的殷勤。那时的自己，真是个贼诡的"老实人"。

那段时间，我们一大群外地来的年轻人在黄岭乡玩得不亦乐乎，每个周末，我们要么相约着到山脚的河边烧烤野炊，要么到某家有特色的小餐馆聚餐，要么到隔壁乡镇街道上的KTV狂歌，或者到各自所在的小学学习交流……来自全省各地的我们在这偏远艰苦的山区找到了大学时期的欢快时光。

在这所有人中，我和琳自然也成了大家撮合、捉弄的对象。他们总是找各种各样的机会让我们单独在一起，或让我们合唱一首情歌（像《天使的翅膀》《类似爱情》等），或在吃饭时故意让我们坐在一起，有时干脆把我们留到最后，他们所有人都悄悄跑光了。而我们，也乐意被他们捉弄，彼此很珍惜在一起的时光。慢慢地，我发现自己真的喜欢上了这位漂亮可爱的苹果妹，却久久不好意思正式向她表白，时间一如既往地悄悄流逝着。

我曾经在乡上帮助过本地一位特别善良的壮族阿姨，所以她对我很是关心，她有一个外甥正好在女老师玲和闵锐在坡头小学所带的班上。这样一来，闵锐、玲和我时常会被邀请到她家聚会，我们也乐意为阿姨做些力所能及的家务。时间一久，两位女老师就主动提出认我做异姓哥，说在这么远的地方相遇是种缘分。在异乡多了两个这样的妹子，我当然求之不得，爽快地便答应了。那时，闵锐妹子见我陷入爱河，更是为我焦虑，不断鼓励和劝说我在爱情方面勇敢点儿，我也经常收到她的加油短信。

"呵呵……最近是好日子，这么多人结婚！我呀，就想喝哥的喜酒，哈哈！哥应该表白了吧，嫂子是真不错呢，抓紧了啊！"

"哥，不用怕，勇敢追！妹子我旁观呀！机会是大大的有呢。以我女生的第六感，她会有点不好意思，不过绝对不会说NO的，相信我，找个好机会，人多的时候表白，而且还为以后光明正大在一起做铺垫，一举多得呢，哥那有才，一首诗搞定。"

"嗯，行，听哥的！绝对支持？"

"哥，表白方案想好了没呢？你这两个妹子也许心有余而力不足呢，不过精神上绝对支持，要告诉我们好消息，要请我们吃糖！呵呵！哥，也是，梦想成真！"

"哎呀，哥你太不自信了！你那优秀，绝对的，行！我们都在等你糖呢！有次阿娘还说让你带个嫂子来吃粑粑、豆腐、肉！哈哈！"

"哥，一定要很自信的！阿娘说当然认得你了，还特别想念你呢！你啥时候跟嫂子来看看她，这是阿娘说的啊！她不来你硬拉来嘛！拿出哥的风范来嘛！哈哈！"

　　妹子的鼓励让我更加自信了，也真心实意想为这位可爱的妹子找个"嫂子"呢。

　　身边的好几个朋友都已成双成对，福和相恋很多年的女朋友也开始筹备婚礼了。这天，我接到福的电话，说他要回老家结婚了，让我和琳去做伴郎伴娘。福的老家就在黄岭乡隔壁的另一个乡镇，离我们这里不过几十公里路，我当然乐意去了，福是我最好的朋友，能当他的伴郎是我的心愿，我内心更希望琳也能答应去做伴娘。

　　这一次，天遂我愿，琳答应了。

　　福早就计划着，在自己婚礼当天，趁着浓烈的气氛正式把我和琳撮合在一起。我也想趁此机会牵到琳的手，也算完成自己、闵锐妹子和母亲的心愿，我在心里默默祈求：老天啊！请您一定要让琳答应做我人生的另一半。

　　启动摩托，拉响三轮车，开上拖拉机，我们悠闲地摇晃在空气冰冰凉、夕阳西下、千层梯田镶嵌着大山的山腰古道上，像在黄昏天边马车与南瓜的童话世界里，夕阳、晚霞、远山头，还有一车年轻人。悠闲的时光滴答滴答地行进着，我期待的幸福时刻似乎就要到来，我们悠然地朝着福的家乡驶去。

　　福的婚礼在本地一年中最隆重的节日当天举行，福所有左邻右舍、亲朋好友都来了，我们平时一起玩耍的所有玩伴也都到齐了，祥、芳、军、锦、妹子……在婚礼仪式圆满完成时，天色已经暗下来了，在璀璨的明灯下，福激动地请所有来宾安静下来，说还有一件关于传承的大事要进行。说完便招呼我在众目睽睽之下向琳表白。此时，我当然不能退缩了，拿出自己用无数的小心形果冻精心制作的大心形礼盒走到琳身旁，双手把礼盒放在自己心口的位置，我想琳也应该猜到我要做什么了吧！

买这些果冻还有个小插曲，礼品店的老板娘得知我要用它们来表白时，还打趣我说："我们这的姑娘都快被你们外地人追光了，但，还是祝你成功，加油！"虽然这位老板娘不知道琳也是外地姑娘，但我还是借她的吉言勇敢深情地看着琳，内心独白从嘴里一个字一个字挤出来："我非常喜欢你，你愿意做我的另一半吗？"说完这句话的时候，福和祥还特意在一旁燃放起了烟花，那璀璨的焰火，照亮了整块场地，也照耀着在场每一位宾客的笑脸。

我不知道接下来会发生什么，心紧张得怦怦直跳。

此时，琳惊慌失措，红着脸低下头，一时不知该怎么做，很快，她突然抬起头，坚定地回答我："对不起，我还没准备好。"说完便害羞地跑出人群。

在场的所有人大失所望。

福着急地催促我快去追琳，我却愣在那儿不知所措。众人期待的结果没有发生，为了缓解气氛，一位老大哥举起酒杯，招呼大家继续狂欢。闵锐妹子走过来小声提醒我：她可能是当着众人的面不好意思答应，叫我别放弃。我这才恢复了神志，急忙追了出去，在一个偏僻的地方找到琳再次向她表白。

这一次，她似乎更理智了，坚定地告诉我："我刚来这个地方工作没多久，还不打算考虑这些事情，而且我也不愿意在这里长久地待下去，将来一有机会就会出去外面找工作的。"

我还抱着一丝希望，含情脉脉地对她说："我也想出去啊！以后我们可以一起努力，共同走出大山，这也不会影响我们在一起啊！"

"我想你还是不明白我的意思。"她有些不耐烦了，"一直以来，我都是把你当成我的哥哥，'感觉'这个东西真的很奇怪，没有就是没有，对不起，也谢谢你一直以来对我的关心，就让我们永远做兄妹吧！你会找到比我更好的人生伴侣。"

"可是……"我心有不甘，但还没等我"可是"完，村头便响起了节日的爆竹声，我微弱的表白被夜空里五彩缤纷的烟花淹没，我再没勇气多说一个字了，静静地待在原地，心瞬间空落落的。

众人恢复了婚礼和节日的庆祝，似乎也没被我的"表白失败"影响到，继续狂欢，山顶上空一束束五彩缤纷的焰火响个不停，无数山头被照耀得金光闪闪。夜晚的山里开始吹起凉风，天空下对面空旷的延绵的群山一直连接到无限远，我想那无限远的另一边一定是家乡吧！天地之间，我想到了母亲，想到了我们一家人围坐在火炉旁取暖的场景，料想此时的家人也在空旷的天空下自由地呼吸吧！侄女天真的欢笑，母亲的慈祥……那场景一定很温馨！

我不敢再多想了，找个漆黑的小屋躲了进去，脑海又一片空白了。时间突然凝固了，只剩下黑暗和失落。

福找了许久才找到我，此时，他已经忘记了自己的新郎身份，拿出一包烟对我说道："小王，我也不知道该怎样去安慰你，人生在世总有一些无奈，总会过去的，我知道你心里苦，没事，哥陪你。"说完给我点上一支烟，原本不会抽烟的他也大口大口陪我抽了起来。一时间，我不知该说些什么，就这样，两个大男人，一句话也不再说，一直到外面的狂欢完全结束，夜空彻底寂静下来。

福回去后还不忘心疼地发来短信安慰我："小王，我知道你有许多的无奈和不顺，作为兄弟的我却不知如何帮你，但请你相信这一点：上帝关上一扇窗的同时另外一道门也会为你而敞开；另外，当世界仿佛离你而去的时候请记得还有亲人和兄弟在你身边支持你，最后还须保重身体，因为身体垮了就什么都没有了。福兄。"

我被福兄的真诚彻底征服了，也是那晚我有了《冬的记忆》的第一个灵感，之后的很多年，当我和福分离好久后，我写完了这篇文章。其中的一段是为福写的："他们之间有了稳固的称谓：福兄和小王，世界上再也没有这么暖心的称谓了，每每听到来自对方的这个声音，力量自心底而生，好像征服世界也不在话下了。"

夜深人静的时候，我收到了妹子发给我的信息："哥，你在哪呀？有没有回去睡了？今天的情况不咋的，哥表现得很好的！不要太在意，好好休息，好好睡，别想太多……"

我回复妹子自己没事，叫她不用为我担心。其实，有福兄和她这个妹子，我就是人群中最幸运的人了，调整好心态以后，我为妹子写下这首小诗：

闵 锐

她总喜欢笑，她笑的样子直叫人心花怒放；

她总能说一口流利的普通话，我想：周围的人没有谁能超越她吧！

她会一系列的招牌动作：

她仰起头然后重重一点，整个世界都会为她的可爱兴奋不已；

一句"嗯，是的"，说得人心里美滋滋的；

每次见面，她都会用最温柔和标准的普通腔喊上一声"哥啊！哥"；

这个时候，我幸福得不知所措了，仿佛我们出自同一个娘胎；

她善良，偶尔也会有自己的小脾气；

她谦让，但也一定会去争取属于自己的东西；

她虔诚，只是会用善意的谎言去安慰别人；

她通情达理，总会在哥的身后加油打气。

每次路过临城，总在想，妹子是在逛街还是在看电视，不！她一定在帮阿姨做着家务，

这个时候，她哥会在心里傻傻地高兴。

我总会自豪地向所有人炫耀：才女闵锐是我妹子！

——给最爱的妹子——闵锐


那晚，我深刻地体会到：最感动的，不是快乐的时候有人分享，而是难过的时候有人为你分担；最寂寞的，不是孤

独一人，而是一群人狂欢的时候你还觉得孤独。其实，不是你以为这样就是这样的，所有的事情，不要理所当然，并不会因为以为而变成事实，没有谁对谁错，因为我们不是主人。

第二天，天还一片漆黑的时候，失眠了一整夜的我再也待不下去了，便骑上那辆旧摩托车朝着自己所在的学校驶去。

所有人都还在酣睡，天空一片寂静，我的内心却翻江倒海。我不顾一切疯狂地加大了摩托车油门，全速飙向山头，靠冷风和急速来抚慰自己受伤的心灵。

凹凸不平的碎石路，险陡的长坡，来回转个没完的弯道，加上朦胧的夜幕阻隔，一瞬间的分心，我连人带车狠狠地摔倒在一个急弯路口，摩托车滑出四五米远，两个轮子还在快速地转个不停。我整个人被甩在马路中间，胳膊和膝盖上，血一下子喷涌而出，印红了衣裤，我却丝毫没有察觉到，脑海里浮现出昨晚凄惨的画面。我干脆平躺在山路上，呆呆地望着天空，想哭，却一次次把涌到眼角的泪水憋了回去，整个天地，似乎只有我一个人了，周围的一切寂静得如地狱一般。

许久，天边泛白，我挣扎着站起身来，用尽全力扶起摔得同样疼痛的摩托车，朝山顶继续驶去。此时，只有这辆破摩托车与我相依为命了。我在心底暗暗立誓：将来，要不遗余力地投入到本职工作中去，把悲伤化为前行的动力，创造出属于我的一片天地来。

从那天以后，我们那一大群年轻人几乎再也没能完完整整地聚到一起了，属于我们的青葱时光似乎一下子便溜得无影无踪。福结了婚，成了顾家的好男人；军和辉迷上了麻将和扑克，一有时间就躲在街边某个偏僻的小屋玩得不亦乐乎；

锦、芳和琳组成了三姐妹，偶尔会相约到隔壁的街市逛逛；我另外的两个妹子也在各自忙着自己的事；祥抓紧时间寻找着自己的另一半……

而我在调整了好长一段时间后，终于恢复了平常心态，看淡了许多得失，也少了很多斤斤计较，但性格却变得更加孤僻了，总是独来独往，很少跟别人接触。最重要的是，一门心思放在了自己班上的孩子们身上，上课，便激情满满地讲解课本文化知识；下了课，就带着孩子们唱唱歌、玩玩游戏，或是教他们做家务，以便帮父母分担压力。

我时常教育自己班上的学生要学会孝顺父母，所以经常安排他们放学回家后帮自己的父母做一些力所能及的事情……第二天，同学们都齐刷刷地向我汇报他们做到了我安排的事情并得到了父母的表扬时，我心里充满了自豪感。

# 时间都去哪了

时光如梭，我卸掉了所有伤痛。

一天，当我们正在上下午课时，学校前面的操场上突然涌满了村里的男女老少，人们摆起桌椅，从不远的厨房里端来了丰盛的菜肴。正当我们一头雾水的时候，村主任走进教室，告诉我们：今天村里有一对新人要在这里举行婚礼，让我们马上放学，一起参加他们的婚礼，孩子们也迫不及待地想要去大餐一顿了，怎么还会有心思上课呢？

就这样，我们提前放了学。由于我和祥是外地来的老师，为了表示尊重，我们被特意安排在最靠近这对新人的位置。

为了活跃喜庆的气氛，村里还组织了本村的文艺队在场地的中央跳起舞来，我们的学生也跟着在旁边手舞足蹈。场边响起了欢快的音乐，所有人沉浸在这喜悦中，脸上洋溢着幸福的笑容。

酒桌上，人们相互敬酒，共同庆祝这个喜庆的日子。我和祥也在人群中频频举起酒杯，为新人祝福。

一杯杯烈酒下肚，正当我被酒精催化得兴奋不已的时候，我的手机猛地响起来了，是母亲打来的，电话那头，母亲用低沉哀伤的声音告诉我："你大舅不在了……"

"什么？'大舅不在了'是什么意思？"我不敢相信自

己的耳朵。

"你以后再也见不到他了。"母亲哭泣着补充道,"开始不敢告诉你,怕影响你工作,现在后事已经办完了,你没必要赶回来了,在那边安心工作,不要让家里人担心。"说完便挂了电话。

这一次,我听明白了母亲的意思,只是,我的天空瞬间又昏暗了。在别人喜气洋洋、热热烈烈举行婚礼的时候,我的内心下起了倾盆大雨,我呆若木鸡地坐在人群中,空间仿佛一下子凝固了,人们的欢闹声、舞步声、音箱里漫天飘散的歌声、孩子们的尖笑声……一下子被内心的寒冰封住了。

我最敬爱的大舅,从小到大,在我的成长历程中,不断鼓励我、教我做人的道理,对我无微不至地呵护。我知道,从今以后,不会有谁像大舅这样,不厌其烦地肯定我的乖巧懂事,一遍又一遍赞扬我的优秀,说起我的好了……

我举起剩余的半瓶白酒,仰起头大口大口地狂饮起来,像剧烈运动后咽喉在燃烧的大汉喝水一样,一口气便喝光了,然后把空酒瓶重重地砸在地面上,碎玻璃四处飞散。一旁的人以为我是在为新人祝福,大声地对我拍手叫好。而我,一反常态地瘫软在地上大哭起来,在众目睽睽之下大哭,那哭声撕心裂肺,也惊天动地。一时间,全场人把目光投向了我,开始以为是受婚礼的影响才哭的,但那哭态,那恶狠狠的样子,分明是伤心欲绝的哭、痛彻心扉的哭,连小孩都感觉得出那种哭是凄惨、悲凉的痛哭;那哭声,没有任何伪装,仅仅只是伤心而大哭了,顾及不了别人的眼光,由心底而生,愤天、怨地,唉!都不重要了。

新人的亲戚朋友们这才反应过来不对劲，几个大汉急忙跑过来，连拉带推，把我轰出了婚礼现场，他们清楚：在这样喜庆的婚礼现场如此号啕大哭是多么晦气，会给新人带来霉运。

我无力地坐在村口马路边的沙堆上，嗓子疼痛，已经完全沙哑，连一点儿声音也发不出来了，却止不住眼泪哗哗往下流，我的眼前又充满了黑暗和痛苦，心里充满了绝望，脑海里一直浮现着大舅的音容笑貌。在酒精的强烈刺激下，我突然用尽全力狠狠地用拳头捶打冰冷坚硬的石柱，手指瞬间皮开肉绽、鲜血直流，却丝毫没有感觉，我的整个世界已经完全被内心的伤痛占据着。

祥默默地陪在我身边，极力安慰我，并用尽全力阻止我的自残行为。许久，我才恢复了平静。这一刻，背井离乡、在他人的村寨相依为命的两个大男孩，被孤立在热闹的人群之外。两个人，一句话也没有，呆呆地坐在寒风之中。回想起一直以来所受的冷眼与不公，冰冷夜幕中相互紧靠的两个身影显得那样渺小，那样凄凉。

天已经完全黑了，我却没有心思关心周围的一切，不知过了多久，耳边传来一个熟悉而纯真的童音："老师，你怎么了？"

我吃力地抬起头，看到我的学生果果带着班上的好几个孩子围着我们，好奇又惊讶地看着我，而我，一句话也懒得说，低下头不去理会他们。

孩子们并没有因为我的无视而离去，几个小女生心惊胆战地凑到我身旁，小心翼翼地拉着我的手，轻声细语地对我说：

"老师，是不是遇到不开心的事情了，别难过，你不是一直教我们要坚强吗？"

忽然间我感觉到一股暖流从这几个小家伙身上流向自己，一时间暖遍全身。我用温和的语气对他们说："老师没事，不用担心。"

孩子们这才放松了对我的戒备。几个小女生转过身喃喃细语了一番，然后转过身来继续靠近我，好像已经商量好了什么。果果先开口了："老师，我们想为你唱一首歌，就是你教我们唱的《隐形的翅膀》，希望你不要再伤心了。"

说完，她便带头唱了起来，大家跟着她用心地唱道："每一次，都在徘徊孤单中坚强，每一次，就算很受伤也不闪泪光，我知道，我一直有双隐形的翅膀，带我飞，飞过绝望，不去想，他们拥有美丽的太阳，我看见，每天的夕阳也会有变化……"

可能是孩子们天籁般的声音感染到我，可能是歌词的内容碰撞到我的内心，听着听着，我不知什么时候和大家附和起来，跟着孩子们一起歌唱，也暂时忘记了悲伤。我动情地拥抱着果果和其他孩子，也用歌声和相拥去面对绝望和伤感。

这时，婚礼现场放起了烟花爆竹，天空再次被璀璨的焰火照亮，那最闪亮的烟花里，我仿佛看到了大舅慈祥的面容。我知道，那是大舅对我的激励，叫我不要放弃对生活的热情，继续勇往直前，去创造一个又一个属于自己的天地。

我整理好心情，把孩子们带回婚礼现场找到他们的父母，然后信念坚定地走回自己的宿舍彻夜反思。

这是成长必须付出的代价，我们每个人都逃不过。为了缅怀那些爱我的人，后来的某个凌晨，从睡梦中惊醒的我含

泪写下了这篇《时间都去哪了》：

时间都去哪了

安静的小屋，沉寂的气息，夜空里的黑幕还未散去……

醒来的时候，靠枕已被眼泪完全浸湿了，这是我也不知道的多少年以后不由自主地哭了。

在梦里，我见所有逝去的亲人。

1990年，七十岁不到的外祖父因病去世。到现在，依然清晰地记得那时的外公对年幼的我们疼爱有加，如今身影远逝，留下的是永恒的符号。

1995年，大伯因人生的无奈而离世，年仅四十九岁，那时的伯父是那么的慈祥与和蔼。

2002年，四十不到的三姑因年幼时落下的病根而精神恍惚，离家出走，倒在寒冬冰冷的马路旁，家人发现时，只剩下遗像和骨灰了，我发誓，世界上再也找不到比三姑更善良的人了。

2005年，慈祥的外婆走了，在上高三的我竟然还没有尽过半分孝——哪怕只是帮外婆捶捶肩揉揉腿。第二年，我高考落榜了，没有一丝的遗憾，我不要重点大学、不要理想甚至连生命也可以不用在乎了，但，我可以只要你们吗？

2006年，祖父在病魔折磨中别世，而我还游荡在车水马龙的城市，连祖父最后一面也没有见到，自小是祖父看着长大的，我清晰地记得祖父跟我们讲过的每一个关于他的故事，那些他提到时会暗暗发笑的陈年旧事，清晰地记得那时祖父脸上的音容笑貌——有时也像个顽皮的大孩子……世界上再也没有祖父那么好的人了。他走后的四年多里，很多个夜晚，我都是从睡梦中哭醒的，感谢您——祖父，是您让我有了个完美和快乐的童年，也请您在天之灵原谅我当时的顽皮与淘气，请放心吧！振兴家族的重任我会义不容辞地挑起，有我在，您安息吧！

2007年，祖母去世，我却远在他乡，连祖母的葬礼也无法参加。祖母的命好苦，出生时，被亲生父母遗弃；年幼时，在省城经历了严酷的抗日战争；解放时，一个妇女柔弱的肩膀却担起了整个家庭的重担；老来时，来不及过几天好日子却又眼睁睁地看着儿子远逝。我清楚地记得，祖母两次跪在至亲灵柩旁时的场景，两鬓早已斑白的祖母眼里流出了人世间最沉重的眼泪。那一刻，我有了人生的第一个信仰——为亲情，我可以付出任何代价。

2012年，在我人生最落魄的时候，大舅走了，也是那时，我生平第一次在大庭广众之下撕心裂肺地哭了，没有任何修饰，仅仅只是大哭，愤天、怨地……唉！都不重要了，只是哭了而已……大舅，走好！

时间都去哪儿了呀？

"门前老树长新芽，院里枯木又开花，半生存了好多话，藏进了满头白发……还没好好感受年轻就老了，生儿养女一辈子，满脑子都是孩子哭了笑了……时间都去哪儿了？"

我的亲人，永远住进了我的心里！

而今，早已白发苍苍的父母还在为儿女们操劳着，仍旧每天朝思暮想，牵挂着远游的子女。敢问世间还可以有谁像父母一样去原谅自己的过错，又有谁可以像父母一样为儿女

105

小小的成绩而像个老小孩一样欣喜若狂？没有了，至少人世间没有了……

我似乎又成熟和强大了许多，之前那些听到就会心惊胆战的恐怖事故，那些被恶狗追赶的紧急瞬间，那些怎么也不敢独自面的黑暗场景，那些别人眼中如何惊心动魄的挑战或是原来怎么也解不开的心结……我都很从容地便可以独自去面对，也很自然地就消化了，就像再平常不过的吃早餐一样。

以后的每一分一秒，我都打起十二万分的精神去面对课堂和孩子，努力创造一个又一个教学奇迹。

# 祥的调离

时光荏苒，一学年结束，新的学期又开始了。

在山上待了几个年头的年轻教师们早已受够了大山分校与世隔绝般的艰苦与乏味，纷纷强烈地向中心校领导提出申请，希望可以把自己调到镇上的总校或者交通便利的完小。但条件好的学校早已人满为患了，大家都想方设法削尖了脑袋往城镇里的学校挤，而山头上那些分散的校点，一直以来，教师都严重不足。很多学校都只有四五个老师，却要负责几百名学生的学习和生活，与城镇学校的庞大教师群体相比，山头老师少得可怜，分配极不均衡。

这让我想了到一篇曾经轰动一时的高考满分作文《说尺子》，其中有一段话是这样的：

每个单位都良莠不齐，有干的、有看的，也有捣乱的，总有一些秃子混在和尚之中滥竽充数。奇怪的是干的永远在干，看的永远在看，而干得越多失误也越多，得到的批评也越多，而那些看客，偶尔投机取巧做做样子，就会名利双收。甚至那些捣乱的，变得乖巧一些，就会让领导和一席众人皆大欢喜，心满意足。惰性，使我们的尺子带了偏见，就再也无法凝聚众人的力量……这个世界当有一把尺子，于情充满温暖，于理凸显公平，于法彰显正义，时时刻刻闪耀着人性的光辉……

　　这篇被誉为万里挑一的高考满分佳作道尽了生活的玄机。

　　几乎所有这里的老百姓都觉得：只有厉害的人才会被调往城镇上，无能的教师总被撵到山头。

　　那年的教师节，全镇所有校点的老师都集中在中心校庆祝属于自己的节日。之前那一大群外乡来的年轻教师们又再次相遇，福、军、辉、芳、锦、琳、玲、祥……全都到齐了。之前好长一段时间，我们都各忙各的，好久没有团聚了，现在看到彼此，大家都很激动，我们互相拥抱，互诉衷肠，一时间，校园里充满了欢声笑语。

　　我们围坐在一起，像多年未见的老朋友，尽享欢聚时光。丰盛的菜肴摆上桌时，我们这些根本不胜酒力的外乡人发自内心地彼此敬酒言欢，追忆往日时光。我也被这样的气氛感染了，之前所有的不快和伤感被冲散，脸上露出久违的笑容，和大家畅快地交流。

　　当所有人醉意初显的时候，福和祥突然站起来，祥拉高了嗓门对大家说："今天，我们有一件特别重要的事情要告诉大家。"

　　我们所有人都安静下来，好奇地竖起了耳朵。

　　福接着祥的话补充道："我和祥被调到中心校了，以后，我们随时可以相聚。"说完，干完了自己的杯中酒，脸上露出了轻松的神情。

　　此时，他们好像忽略了我的存在。

而我，心中一愣：这件事我怎么不知道呢？为什么领导们连个讨论会都没有就按照自己的喜乐随意调离工作人员呢？这也太草率了吧！

接着，我的心头涌来了沉沉的失落感：你们都被调到中心校了，那我呢？我和大家是同一年参加工作的，女老师刚来就在公路沿校，军、辉和其他男老师也陆续被调到中心校，现在，福和祥也要离开山头了。同一批来报到的人只有我一个还在那偏远的山头上，公道哪去了！况且，和我相依为命的祥走了，以后，当我情绪低落的时候，该找谁相拥，又该和谁一起去面对那漫无边际的孤独和无助呢？

福是从另一个山头调离的，而祥是从我身边被调走的，其实，他们能离开山头实现自己的愿望我也替他们高兴。只是，现实对我太不公平了。

我不禁抱怨起领导来：就算再看不上我也不至于这样整人吧！难道是因为我之前的那些无知和无视才招致这样的报复吗？可你们这样一个小小的决定，我就得承受那无边漫漫岁月的煎熬，这也太残忍了吧！我倍感现实比我想象的还要严酷。

我神情沮丧了好一会儿，大家才意识到我的尴尬处境，热烈的气氛瞬间减去了一半。福关切地安慰我："小王，没事的，明年你也可以来和大家在一起了。"

祥也说道："是啊！以后我们还可以经常一起聚会啊！"

芳、锦、军、辉也都发话了，现场你一句、我一句，都为我的遭遇打抱不平，可谁也改变不了我的现实。

人在屋檐下，哪能不低头呢？谁叫我远道而来，还曾经那般幼稚和无知过呢？或许他们觉得我还需要再磨炼一下吧！

聚会结束后，我一个人孤独地骑驶在返回夕欧小学的村路上。这条祥和我一起踏上过无数次的夕欧道，曾经撒落了我们如雨般的汗珠和血滴，也承载着我们的希望和信念。而今，我身旁再也没有祥的身影了。我又得一个人面对空荡荡的空间了，心情很失落，却也不至于伤心欲绝。若是在刚参加工作时，我会毫不犹疑地辞职离去，逃离这样的处境和不公，或者，我会伤心欲绝、号啕大哭，但现在，那时的懦弱表现并没有发生，即便轻松不起来，也能淡然接受。

这时，我想到了小苹果，想到了我那一班可爱的孩子们，我想：我若此时离开，他们该怎么办呢？我突然觉得留在山头其实也挺好，那才是真正需要自己的地方，不就是在山头多待两年吗？在哪里工作不一样呢？我一下子激动起来，刚刚还烦躁的情绪一下子便烟消云散了，突然觉得自己在做着别人做不到的事情，即便被人们"同情"也好，嘲笑也罢，无所谓了。

这样想着，我加大了油门，更加有力和自信地奔向别人"敬而远之"的山头。

两天以后，祥在中心校忙完新的工作交接后返回夕欧小学收拾行旅，我们简单地小聚了一番，没有太多的言语和激动，只是相互寒暄了些客套话。即便我们心里都清楚，以后我们可能再也没有机会一起共事了，但想到他实现了自己的愿望，我便发自内心地祝福他，也希望这位曾经与我患难与共的兄弟在新的环境里发光发热。

　　继军和辉以后，这是我第三次在遥远寂静的山头上无助地目送最亲密的战友离开。而祥渐行渐远消失在村口的背影也成了我永生难忘的画面。

# 明的离去

几个星期以后，校领导把新来报到的两位男老师明和超都分到了我们学校，这或许是对我最大的安慰和照顾了吧！

那天，总校长亲自把两个大男孩送到我们这，并嘱托所有老师好好干工作，今后一定要相互照应，干出成绩来就把我们都调到交通便利的地方去……

新来的超，人很瘦却很精神，而且还是名校毕业的大学生；明长着一张英俊的面孔，身材高大而结实，应该是许多小女生的梦中情人吧！

很快，我们三人在艰苦里建立起新的友谊，相互支持，彼此照应。我凭据自己的过往经验，带着两位新教师精心备课，认真教学，细心批改作业，用尽全力做好自己的分内之事。周末，我们会相约着到乡镇上的特色餐馆里大餐一顿，或者在某家凉快的冷饮店度过整个轻松的下午；遇到长一点的假期，我们会一起到县城逛逛，看看久违的繁闹，购置些许生活用品。

那段时间，我们的日子过得很轻快。三个人之间，也形成了难以割舍的默契：谁有麻烦，大家一起想办法解决；谁遇到伤心事，另外两人便请他喝酒解愁；又或者遇到高兴的事情，都会分享给比彼此。那时的我们，虽然依旧被"遗落"

在孤山，心却紧紧地相连。

可好景不长，几个月后，超被调走了，他去的校点仍在高山，比夕欧还远的分校。这是领导的安排，所有人似乎都只能无条件地服从。纵然万分不舍，但，事已至此，我们只能默默地相互祝福了。

整所学校，又几乎只剩下明和我两名老师了，勇是代课老师，工资极低，对教学工作不上心。虽是本寨人，但经常好几天都见不到他的踪影。学校事宜几乎尽数落在我和明两人身上。

山头生活大部分时候异常单调，干完工作，除了一台老电视就再也没有其他了。遇到连续阴雨天，曾经要过很多人命的夕欧路奇险无比，下山便成了一种奢求，平日的伙食变得简单粗暴，只能用咸菜和白开水对付。有时，可爱的果果会带着同学把自家的大白菜偷偷抱来我们宿舍门口，然后悄悄溜走，这便是生活给我们最大的驰援了。那些日子，我们像被世界遗弃的孤虫，会无助也会自卑。

但这并不是我们生活的全部，天气放晴的日子，我们会让村上的小伙带路，到大山最高处去兜风，那里有我们的一所分校，只有一位姓卢的代课老师，十几个学生。

得知我们要上去，卢老师早早准备好当地的野菜，还专门到树木茂盛的地方去捉些野味来招待我们。看着满桌子丰盛的菜肴，我们都不约而同地给自己倒满酒，尽情地享用这难得的大餐。在白云上面的山尖喝酒是一种近乎神仙般的享受，大朵云彩在脚下飘来隐去，鸟儿们在林间为我们欢唱助兴，空气清新洁净得让人沉醉，南天门似乎就在不远处。俯眺远方，所有高山都被我们踩在脚下。

酒足饭饱后，我们会和这里的孩子们一起打篮球。看着这些光着脚丫，流着大鼻涕，裤管裂开到大腿根部的山里娃活蹦乱跳、开怀大笑的样子，我们的激情一下子便被激发出来了，就像回到自己的童年时代，欢快地融入他们，奋力地奔跑狂欢，快活地抢球投篮，高兴地呐喊助威……耸入云霄的大山头瞬间被我们的欢声笑语点缀得绚烂无比，这一幕，深深地被刻在我们心田。

阳光灿烂的周末，我和明会约上新来黄岭乡中心校的静和飞两位女老师，骑着我们的破旧摩托车，在群峰间跋涉很远很远，经过无数弯道和陡坡，穿尽茫茫林海，闯过我们自己命名的山槽——一线天，来到豁然开朗、世外桃源般的樱花林。置身于云上花海，把本不属于人间的仙境奇景尽收眼里……那时的美丽心情成了永恒，那儿的醉美画面却记忆犹新。

我与明的深厚情谊便是在这点滴经历里越积越浓，越演越烈。

有那么一个冬日早晨，起床便瞅见茫茫白雪堆满山头。听当地老人说：这个地方三十几年未曾下过一片雪。我们是幸运儿，可以碰到这样的场景。那个早晨，我和威武英俊的大男孩明，呆呆地看了一整个早上的雪。

那些日子的我们，没有人顾及，所有的乐趣都只能靠我们自己去创造——那支两米长的模型枪，那个我们回忆了无数遍的梦里水乡——樱花林，那些感动，那些一起有过的快乐……一段记忆，永远不会从冬季抹去。

花开花落，时光流泻……

明一直深爱着漂亮女老师静，两年来默默地为她奉献着自己的一切。但苦于自己身在高山的尴尬处境，他迟迟没有勇气正式向深爱着的女孩告白，怕被拒绝。

日子一天天过去，我知道，这样暗恋下去却没有结果对他来说是一种折磨。这天，我鼓励明鼓足勇气去迈出人生最关键的一步：向女神告白。

我告诉他："说不定人家心里也是有你的，但你作为男生都不主动，人家一个女孩子怎么好意思跟你进一步交往呢？你再不主动出击，她都快被中心校别的男同事追去了，到时候，你只剩下后悔的份。勇敢点，相信自己，就算不成功，也不会抱憾终身。"

明犹豫再三，终于放下所有的顾虑，决定正式向静表白。

为了明的爱情，周末来临，我特意召集来超、祥和两个妹子，大家一起为他出谋划策：我负责教他制作心形果冻礼盒，超和祥准备美食和饮料，两个妹子帮明分析女生的心理，指导他在见到女神时浪漫表白的方式。

一切准备妥当，我们一群人陪着明风风火火地来到静住的地方。和静同室的还有飞，看到我们一大群人不请自来，两位女主人非常惊讶，出于客气，很是礼貌地招呼我们。简单的寒暄之后，我把飞叫到一旁告诉她我们此行的目的，飞喜出望外，差点就叫出了声。她的反应比我们任何人都激动，可能是为自己的好姐妹将要迎来自己人生的另一半而高兴吧！

正当大家找不到话题的时候，我示意大伙找借口陆续离开，让明和静有单独相处的空间，也让明尽情地表白。

接下来得靠明一人表现了。我们所有人都悄悄来到屋外，焦急地等待着结果，心里都在盘算着：这一次我们又有喜酒喝了，待会儿得叫这一对新人请我们到最好的饭店吃大餐。

时间一分一秒过去，屋里是什么情况谁也不清楚。大家都希望他俩心心相印，牵手成功，毕竟，能够在这样的地方相遇是天大的缘分。

许久，两人一起出来了，静笑眯眯地跟大家打招呼，并很快融入大伙中；明的脸上很平静，没有表白成功的喜悦，也没有失败的哀愁，只是很淡然地和大家聊着别的话题。两人对刚才发生的事情都只字未提，我们不方便问，只好当做什么也没发生一样。

这件事就这样不了了之，或许大家都已经猜出了结果。只是，这对明来说未免有点残忍，虽然，他表现出一副不以为然的样子，但心里的煎熬只有他自己才最清楚。我们也不便追问，对他们之间的故事也不再提起。岁月恢复了往日的平淡。

两个礼拜后的一个早上，明背上一个鼓鼓的背包，双手拿着他平时最喜欢的一把大吉他，不紧不慢地走进我们班教室，看到正在上课的我，他低下头呆呆地站在那儿，我奇怪地看着他。突然，他两眼泪花，把手里的吉他缓缓递给我低沉地说："老王，这把吉他留给你做个纪念吧！我要走了。"

"什么？你要去哪里？"我慌了。

"要回家，我辞职不干了。"明的语气很轻，却如此坚决。

"怎么了？发生什么事了？"我有点不敢相信自己的耳

朵，继续追问他。

"太难熬了，待腻了，不想干了。"说完便转身头也不回地朝下山的方向奔去。

看着明渐渐消失在路口的背影，我万般不舍，想要冲过去拉住他，劝他留下，但我不能，每个人都有选择的自由，我不能把自己的想法强加在他身上。我目送明远去，万般无奈，思绪万千。

我一时间不知所措了，一屁股猛地坐倒在冷冰冰的讲台上，有点儿不敢相信眼前发生的一幕，他就这样离我而去了。这个平时阳光开朗的大男孩，两年多来近千个日夜和我一起相依为命的性情知己，就这样彻底离去了。我的心仿佛一下子被掏空了，空间瞬间寂静下来，以后的日子，整个校园又几乎只剩下我一人独守了，跟之前所有的离别都不同，这一次，我彻底慌了。

那一整天，我感觉好漫长好漫长。夜晚，我蜷缩在宿舍角落那个破旧的灰色沙发里，彻夜未眠。曾经就坐在这个沙发上，我和明激动地看完一场又一场精彩的篮球比赛……这个沙发，承载着我们太多的欢声笑语，也见证着我们无数的失落与感伤，往后，它再也聚不齐曾经心照不宣的两个大男生了；还有那支近两米长的仿真玩具枪，扛着它，我们曾给彼此拍下过多少摆酷耍帅的照片；那把吉他，我们抱着它一起为全校孩子们演奏的温馨画面历历在目，可那样的场景再也不会有了……过往的无数场景一幕一幕如电影般在脑海呈现：那些一起欢蹦乱跳的时光，那些一起煎熬的风雨交加的岁月，那些一起只能用咸菜和白开水充饥的苦日子，那句从明嘴里说出来无比搞笑的"再来一小半碗饭"，那些一起登过的高山和穿过的险道……也争吵也欢闹，相互搀扶，未曾言弃。余生或许再也不会有那么一个人能和自己一起度过那无边的漫漫岁月了。

# 我的骄傲之果果篇

"就算改变不了现实，改变不了所处的环境，但我可以改变自己的心态去面对所有不公和无奈的现实，去适应任何极度恶劣和灰白的环境。"——这是生活教会和告诫我的道理。

明的离去着实让我伤感了很久，但现实不会因为我的无助而自动变好，愁伤也只会让我的生活陷入无边的黑暗。学校还是那所偏远大山腰上老旧的山村小学，学生还是那些个冬日里也能打赤脚，脸上总是带着微笑和鼻涕的山里娃，道路也还是那条弯弯绕绕、险峻陡峭的泥土路……现状不会因为某个人离去而改变，磨难也不会因为某个人的伤感无助而消失。

我恢复了往日的平常心态，用笑容去面对无奈，用拼命奋斗的姿态去迎接每一个红日升起的早晨。当我再次用心去感受周围的一切时，我发现孩子们脸上的笑容更加灿烂了，树叶更绿了，花更红了，空气更清新洁净了……生活再次对我恢复了仁慈，身边的所有事物也对我展开了温暖的笑脸。

在一个凉风习习的凌晨，从一夜睡梦中惊醒的我满心激动地写下了这篇《梦醒时分》。

## 梦醒时分

每到凌晨，我总会从一夜的睡梦中惊醒，发现这时的意境是一天中最美的，这时的思绪是24小时里最活跃的。

这是我也不知道的第多少次从失望的梦中醒来，而后，沉寂的思绪洒满了一地，整个屋子仿佛连空气里也在酝酿着感伤，旷远深邃的夜空，尽头处传来几声沧桑模糊的汽笛声。

人生是无数失败与坎坷编织成的篱箩，想得到的越多，失去的就越多，最后，竹篮打水一场，所以，只敢抱着知足常乐的心态涉世，也印证了徐志摩的那句话：得之，我幸，不得，我命……

曾经有过这样一个朋友，年少轻狂时失去母亲；花样年华时失去恋人；成熟稳重时失去事业……而今，依然以平常心态早出晚归于平凡的世界，笑谈人生。

是啊！多大的不幸终归会成过往，现实只不过是那时那里的一幕，再怎样的不舍终归尘埃落定，再怎样的激情终究淡然离去。

这已成为一个定律：恋爱也好，创业也罢，与之如影随形的是驱赶不尽的眼泪与伤痛，碌碌无为的人选择逃避、远离，终归失败，曲终人散，满地踌躇；激情满满的人则迎难而上，果敢坚决，装进经验，抛掉软弱，抓牢坚持，丢弃无知，后一鸣惊人。是啊！你不坚强，没人替你坚强；你不耕耘，没人替你耕耘！

现实的残酷只不过是当时我们的空间被暂时地抽掉部分氧气而已，虽然呼吸暂时困难，心境却是最敞亮的，要知道，这时外面的世界依旧阳光明媚，地球依旧在转个不停。

　　然后我学会了从失败中坚强，在坚强下重生，重生后奋发，而后从低谷走向巅峰，从一个巅峰走向另一个巅峰，从一个成功走向另一个成功，从胜利走向胜利，最后辉煌、再辉煌！

　　其他的，交给命运！

　　即便在再平凡不过的日子里，我也打起十二万分的精神去点燃内心久违的激情：为了迎接孩子们自己的节日，我把全校的学生集中到一间教室，如开演唱会一般满心激动地教大家唱歌——那鼓舞人心的旋律在老旧的教学楼里飘荡，整个空间瞬间便沸腾了，孩子们天籁般的声音把灰白的天空装饰得五彩缤纷。

　　六一节到来了，孩子们期盼已久的好天气却没有出现，天空被浓烈的雾雨包裹着，地面湿答答的，少了孩子们欢声笑语的空间冰冷灰暗，没有一丝生机。

　　同学们不甘心属于自己的节日就这样被破坏。果果带着班里的几个女孩子穿着节日的盛装早早地来到我宿舍门口，央求我给大家组织联欢会。我想：我现在是孩子们唯一的大家长，必须给他们的童年留下美好的回忆。

　　我热情地把大家集中在一间教室，眼前的一幕让我大吃一惊：每个孩子都穿着漂亮的新衣服，把一向很脏的脸洗得干干净净，有几个女孩还顶着感冒的风险穿着漂亮的花裙子，就连平时最不讲卫生的小男生也换上了洁净的衬衫，看上去斯文多了。看得出孩子们对节日的热情远远超出我的想象。

　　第一个节目由我开始，我站在孩子们中间，从容而奔放地给大家献上《明天会更好》这首歌，祝福他们都能有一个美好的未来。在我热烈演唱的鼓动下，所有孩子变得异常活跃，有的拍着手附和着，有的扭动身体跳起舞来，有的听得入了神陷入美好的沉思，就连村上的老大爷也站在教室外热情地鼓起掌来大声叫好。

一曲结束，现场所有人拍手尖叫着，灰色的空间一下子欢腾起来，孩子们完全放开了，争着要上台表演节目。我负责主持——这早就是我的老本行了，我游刃有余地把现场安排得活跃又有秩序。有的孩子上台深情地朗诵课本上学到的古诗，有的做个鬼脸逗大家开心，女孩们则跳起了自学的舞蹈……孩子们的歌声、笑声、拍手声和尖叫声让灰暗的天空彻底沸腾了，就连浓雾见到我们都绕道而行了。

轮到果果表演了，她带着同伴自信地走上舞台站好队，然后用带着磁性的童音向大家介绍自己将要表演的节目："大家好，我们要为大家表演一支用《隐形的翅膀》这首歌伴奏的舞蹈，这首歌是王老师教我们的，他希望我们勇敢地面对生活和学习中遇到的一切困难，我希望大家也一样，还有，我还要把这支舞送给王老师，谢谢您在其他所有老师离我们而去的时候，一直守护着我们，教会我们许多做人的道理，谢谢您王老师！"

听她说完，我的眼眶不自觉地有些湿润了，鼻子酸酸的。我眼含泪光看着眼前这群可爱的孩子，脑海里过往的画面一幕一幕：刚带果果班的时候，他们都还是一群稚嫩的幼儿，今天，都已经是这所学校最高年级的学生了，是半大孩子了；当初那些连厕所都不会自己去上的孩童现在都已经懂得了这许多的道理。想到这，我更加确信自己的坚守是值得的。

果果身穿自己的民族裙装，神采奕奕地站在台上，眨着水汪汪的大眼睛，边唱边跳带领同伴们表演起这个意义非凡的节目来，优美的舞姿映入眼帘，天籁般的歌声走过每一个孩子的心田："每一次，都在徘徊孤单中坚强，每一次，就算很受伤也不闪泪光，我知道，我一直有双隐形的翅膀……"

这是果果第二次特意为我献上这首歌了，上一次被他们用这首歌温暖心田的场景还历历在目……那是足以让我珍藏一辈子的回忆。

正当我沉浸在刻骨铭心的回忆中时，孩子们突然停了下来。我回过神，眼前的一幕让我猝不及防：果果倒在地上，额头上鲜血直流，别的孩子被吓坏了。教室太破旧，地面坑坑洼洼，跳着舞的果果没注意脚下，狠狠地摔倒在地，额头撞到讲台上裸露出来的硬石块上，血瞬间便流了出来。

这才反应过来的我一个箭步冲上前，心急如焚地抱起果果朝村医务室狂奔而去。从学校通往医务室的路似乎一下子变得好长好长，却来不及半丝懈怠……我抱着果果径直闯进医务室，气喘吁吁地让村医抢救果果。村医是位三十来岁的大汉，见到这样的场景也慌了，急忙找来一些简单的酒精纱布给果果包扎，但他哪能应付得了这样的状况，只得无奈地告诉我：得赶快找车把她送到老城的医院进一步救治。

我让跟来的其他孩子照看果果，自己飞一般地跑回宿舍抱来被子，村医急急忙忙找来一辆三轮车告诉我："村上只有这样的车，没有其他交通工具了。"

我用被子包着果果坐上后车厢，村医连忙发动三轮车朝老城方向驶去。

冷风嗖嗖地刮来，伤痕累累的果果疼得全身颤抖，却没有哭出一声。

我担心果果是因为医生和老师在场而心有顾虑，便低声对她说："果果，难受就哭出来吧！哭出来会好过一些。"

见我心情低落，果果反过来安慰我说："老师，我没事，只是刚才为你唱的歌都还没有唱完呢，好遗憾！"

果果是留守儿童，跟爷爷奶奶一起生活，二老岁数大了，无法精心照顾她，她很小的时候就失去了母亲，而她的父亲在外地打工，果果很少得到父亲怀抱的呵护，更未得到过母亲的关怀。果果从小就非常懂事，替爷爷放牛，帮奶奶种地，给老师悄悄抱来自家种的大白菜，她还是我们班的三好学生，每次考试都是第一名，我不在的时候，她还当起了小老师，同学们都服她的管……

天色阴沉，就像我此时的心情一样。而果果，正如歌里写的那样：每一次，就算很受伤也不闪泪光，一直有双隐形的翅膀，给她带来希望……

眼前果果的坚强，让我心里涌起了一股坚定的信念。我紧紧握住果果的手，生怕下一秒她就会消失一样。

路坑太多，山路太滑太弯太颠簸，三轮车很多次都差点儿就甩下一旁的陡坡，那后果将不堪设想。但车子终也避免不了陷入道路中间的泥潭，整个车身骤然截停，但剧烈的颠簸让本就疼痛的果果更加难受了。我和村医下车，双脚踩着稀烂的泥土，双手托住冷冰冰的车身，用尽全身力气把车子往上拽，我们全身都被泥巴沾满了，额头上的汗珠大滴大滴掉落下来，如雨水般滴落到泥土里，也沾染在车沿上……万般努力之下，我们终于拽出了车子。

果果受伤的额头又开始流血了，但她不愿让我看到自己伤心流泪，只是强忍着。她往日天真的笑容曾经让我那般开怀，而今，我决定用尽全身力气帮她摆脱痛苦重回往日欢快时光。是她如此坚强的身影让我坚定了自己的爱心，我在心底立誓：一定不能让果果出事。将来我会为孩子们的健康成长去努力，直到废寝忘食、筋疲力尽甚至奄奄一息。

我们历尽千辛绕了无数个弯道，终于驶入老城最正规的医院。我们快速背上果果朝诊断室跑去。面对医生，我发自内心万般无奈地苦苦哀求他们全力救治眼前的小女孩，却已经忘记了自己满身泥土，顾不上别人对脏兮兮的我们好奇的目光。

许久，医生给果果清理好伤口包扎完毕，带到病房输液，我们这才松了一口气，但看到果果憔悴的面容，我的心又疼痛起来了。

突然，果果抓着我的手，眨着水汪汪的大眼睛看着我说："谢谢你，老师，我一定会没事的。"

我不知该说些什么，只是轻轻地抚摸了一下她的脑袋。但想到刚才惊险的一幕幕，我紧张的情绪还未完全平静下来。

果果似乎看出了我的忧虑，安慰我说："知道吗老师，当车子陷入泥潭时，我看到你不顾一切拼命推车的样子，就下定决心不掉一滴眼泪，你就像我的爸爸一样，我要做你的骄傲。"

我的骄傲——对，眼前的这个小家伙不就是我最大的骄傲吗？我又一次被她震撼到了：我全部的骄傲不就是教出一批又一批像果果这般优秀的学童，让他们走出大山吗？果果这句话，对被遗落在偏远孤山的我来说，犹如带来希望之光的硕大灯塔，恰似结束漫漫长夜禁锢的欢畅黎明，我似乎一下子找到了毕生的信条。

可果果毕竟伤的是头，决不能掉以轻心。我第一时间联系到果果在外地打工的父亲，把一切告诉了他。

第二天，果果的父亲赶到了老城医院，详细了解了情况后便第一时间带果果去更好的城市医院进一步检查治疗。我提了好久的心这才放下来。

我坚信：如此坚强的果果将来一定可以考上最好的大学，走出大山，她会是父亲的骄傲，整个寨子的骄傲，也会是我的骄傲。

# 剑 遥

把果果安心交给了她父亲后，我想到自己的"骄傲"，我不允许自己在老城多逗留一秒，学校里还有一群孩子盼着我回去呢。村医昨天就急匆匆回去了，我只好独自来到车站等车，此时，天空下起了瓢泼大雨。

回到乡上，天已经黑透了，想到自己对果果许下的诺言，我义无反顾地下定决心：就在今晚上山回到学校，只为第二天能正常给孩子们上课。

我向中心校的老师借来一辆摩托车，朝着学校所在的半山腰冲去。

天气越发恶劣了，此时，浓烈的乌云布满整个天空，看不到一点儿星星，更透不出一丝月光，狂风鬼哭狼嚎般从一个山头咆哮到另一个山头，一瞬间，大雨如瀑布般奔腾下来，闪电一道赛着一道从天空中狠劈过来，巨雷轰隆隆地在山间狂轰滥炸。而脚下这条之前出过很多交通事故死过很多人，也曾经差点要了我们性命的环山路，此时越发险峻了，被削尖了的无数碎石凹凹凸凸地横在马路中间，随时准备将过往行人撕裂；没有石块填充的地方，暴雨搅拌过的稀泥如沼泽般噬血，似乎誓将一切吞没。险道一侧，万丈悬崖下波涛怒吼的藤条江呼啸而过，稍不留神就会命丧谷底。

　　我铁了心头也不回地继续向前，狂奔在这条魔鬼道路上，心中只有一个信念：今晚无论如何必须返校。我加大了油门，任凭风雨雷电侵袭，却誓将所有恶劣踩在脚下，摩托车陷进稀泥，就扯着脏兮兮的轮子用尽全身力气把它拽出来；撞上凸出的尖石摔个人仰马翻时，就用雨水洗净手上的泥土，把胳膊上流出的鲜血一抹，爬起身来继续狂行；夜幕和暴雨挡住视线，就靠着直觉和微弱的车灯探路。此时，内心没有一丝恐惧，却急切地盼望天边多来几道闪电，以便照亮前方的路；多来几个巨雷，给我单调的摩托车声伴奏……这首天人合奏的音律震天动地、霸气无比。

　　我越发激情澎湃了，那些胆小的人看到会被吓哭的恐怖场景现在却成了点缀我单调行程的美妙夜空，狂风像个温柔的女人，帮我拭去整日的疲劳，暴雨如同沐浴清流，帮我洗去身上的泥土，我一时间灵感大发，觉得自己与这狂躁的天地融为了一体，我也成了这勃然大怒的天空中的一员了，我那澎湃的激情和猛烈翻滚的心浪似乎正是这狂风暴雨的印象版，或者是加强了的时空折射。我放开嗓门向前方咆哮着，那阵势，如同下山的猛虎，不可阻挡，只不过，我是向着天空的方向冲向山顶的。

　　回到学校，我来不及换下全身湿漉漉的衣服，马上取出笔墨，用了两分钟的时间靠刚刚凶猛的场景激发出来的灵感写成了这首小诗《剑遥》：

剑遥

夜步踩夕欧，风雨大作，作此篇，以勉剑遥，风雨无惧，直至笑傲天下。

急电天边霞，惊雷悦耳听；

狂风轻拂面，暴雨洗洗尘；

猛雾穿眼过，险道闲步走；

懦弱非我性，击流水中央；

铮铮铁血步，吾势不可挡。

第二天上早课的时候，我让同学们把课本收起来，告诉他们果果没事，今天不讲课本知识，我们一起来学习一首关于勇气的新诗。孩子们看到两天不见的我非常兴奋，也激动地照我的话收起了课本，好奇地盯着我。

虽然少了果果的课堂就像少了北极星的夜空，也极不习惯听不到果果用标准的普通话喊"老师好"的开场，但我知道，果果游进了我们每个人的心田，也在用渴求知识的目光专心地盯着黑板，同我们一起上课。

我一笔一画地把这首《剑遥》工工整整地抄写在黑板上，有几个活跃的小男生大胆地问我："老师，这是唐代哪个大诗人写的诗呢？是李白吗？"

我打趣似的告诉大家："这首诗是现代大诗人王先生昨天晚上刚写的，这个王先生就在你们面前。"

同学们恍然大悟，争着说道："我知道了，老师，这是你写的。"

接着我把昨晚发生的事原原本本地讲给同学们听，并按照诗句的意思语重心长地教育起他们来："孩子们，只要你够勇敢和强大，所有的困难和挫折都会躲着你，离你远远的，这时，全世界都在给你让路。就像我昨晚遇到的场景一样，多么强烈的闪电也只不过是天边的一道云霞，多么轰响的巨雷只不过是给你单调行程伴奏的轻音乐，狂风就像个温柔女人的纤纤细手，帮你拭去一天的疲劳，暴雨如同沐浴清流，帮你洗去身上的灰尘，就算前方的大雾再怎样浓烈，也可以凭借自己灵敏的感知力轻松前行，万丈险道散步一样就过去了……如果在遇到险境的时候你畏惧不前、百般抱怨或是躲在角落里哭泣，那你将面对的境遇会更加恶劣。困难挫折不会因为你的胆小懦弱而大发善心，只会更加肆无忌惮地折磨你，现实不会因为你的抱怨和哭泣而改变，只会越发残酷。但只要我们勇敢地去面对，去直面心里的懦弱，你会发现原来现实没我们之前想的那么可怕，怀揣一颗勇敢的心，去最恶劣的环境中磨炼自己，我们将迎来全新的自我，那时，没有什么可以挡住你实现自己梦想的步伐……"

同学们若有所思，听得入了神。

《剑遥》的剑，即手中的利剑，就是自己的勇气、信心、担当、付出、坚韧；而遥，即我们内心最初的远大梦想，我希望我的学生、我的孩子们，可以凭借自己的努力，去实现理想。而在追梦的路上，无论遇到多大的困难，都能把它当成甜点一样去消化掉。希望他们在将来成年后，无论遭遇怎样的不幸，都能想起：曾经有过一个单薄的王老师用自己的亲身经历给他们上过一堂关于勇气的课。然后默念着这首《剑遥》去扫平所有的挫折和磨难。

# 第二次撤校

果果在父亲的呵护下恢复得很好，但为了安全起见，需要一段时间的静养，新学年开始后，果果爸决定把孩子留在自己打工的城市上学，让果果在自己的照料下成长，他要担起做父亲的责任。

转眼间，便到了学期结束的时候，孩子们都取得了很好的成绩，这让我很欣慰。唯一让人遗憾的是：因为老师太少，又没有新的老师愿意被分配来这里任教，这所学校下学期就要撤并，也就是说，今后这里将不再办学了。

这是我第二次经历撤校了，第一次是因为学校破旧，家长要把孩子带到外地去上学，生源不够才撤销的办学；而这一次撤校，学校破旧是一个原因，缺乏愿意坚守在山头的老师才是最主要的。可那些山里娃再也不能在自家门口上学了，小小年纪的幼童也得徒步在魔鬼山道上跋涉到他乡自立了。有太多现实问题是平凡的我们所不能左右的。

这一次，领导们接二连三地给我打来电话，说我做得已经非常好了，是这里所有老师中最有奉献精神的，让我到城镇里的学校去任教，可去城镇学校对我来说已经没有任何意义了，那里的老师数量一直都处于过剩状态，我去那里，也是附赘悬疣。真正需要自己的，是那教师极度缺乏的荒凉山头，

只有那些孤山，才是佼佼者实现抱负的摇篮。

离校的前一天，学校旁边一位老大哥的母亲过世。人们又按照当地的风俗搞起了丧礼仪式，一整天敲锣打鼓，燃放鞭炮，唱丧歌，穿着丧服跳丧舞，气氛再一次陷入了无边的低沉。

这一次，老大哥特意找到我，要我去给他母亲的棺木上写"奠"字，说我是文化人，写得好。我卸下所有之前的畏惧毫不犹豫地答应了。来到现场，黑漆漆的棺木还没盖上，家人们跪在两旁撕心裂肺地号哭，技人们大声吹着唢呐……诡异的气氛并没有让我胆怯，我按照大哥的吩咐在指定的位置认认真真地写了起来。他逝去母亲的遗体就在我正前方，安详地躺在棺木里，此时，我除了跟大家一样沉重的心情外，没有一丝紧张与不安，与上一次碰到这种事情时的我判若两人，如今的我很自然地觉得：逝去的人就如同睡着了一样，但更加和善了。

晚上，大部分宾客陆续离去，屋外只剩下几个主人家的近亲在不停地燃放着鞭炮，三两个乐师在吹着悲沉的唢呐，敲打着炸耳的锣鼓，一位上了年纪的老妇人在用民族语言唱着丧歌。灵堂里，只剩下大哥和我两人坐在棺木旁边喝酒，我是想早点儿离去的，但看到老大哥伤心欲绝的样子，便决定留下来多陪他一会儿。哪知喝着酒相互诉说着心里的苦闷就忘记了时间，不知不觉便到深夜一两点了，其余所有人都已离去，大哥酒喝多了，趴在桌子上便沉沉地睡去，我也有些困意了，迷迷糊糊也睡着了。

不知过了多久，我被噩梦惊醒了。

"在梦里，我看到果果躺在手术台上满脸是血，身穿白大褂的医生摇摇头陆续离去，走近一看，额头受伤的果果紧闭着双眼，安详地躺在那里，身体开始冰凉。果果的父亲哭得昏天暗地……其他亲人将果果送回家，帮她梳理好，给她换上崭新的民族服饰，把她抱进黑漆漆的棺木，果果躺在里面，神态安详。"

我的心情瞬间沉到谷底，眼角不知什么时候流下伤心的泪水，醒来睁开双眼，回到现实，才发现刚才的场景不过是自己沉睡时的一个噩梦。我极不愿相信梦里见到的场景，立马起身，特意走近身旁的棺木，仔细往里看了看，确定那不是果果，我的心才平静下来。但已经毫无睡意。大哥已经打起了呼噜，我想，反正回到宿舍也睡不着了，干脆就在这待着吧！我静静地坐在棺木旁，毫无惧意，只是脑海里思绪万千：生命无常，我们每一个人都应该珍惜当下人生，倾尽绵薄之力去为自己爱的人点亮一片天空。

不知不觉天已经亮起来了，丧礼现场恢复了忙碌，我梳理好情绪，告别了对我无限感激的老大哥便回到自己的宿舍。

要离开了，看着这间陪伴我度过无数风雨的小屋，却也是给了我无数次庇护的港湾，虽然极度简陋和陈旧，却一次次给了我家的温暖——那个我受伤后蜷缩在上面失眠到天亮的旧沙发，那张摇摇晃晃却无比温暖的旧木床，那条我每天晚上都在坐在上面洗漱的小木凳，那盏为我照亮无数个黑夜的昏黄钨丝灯——我常在它微弱的灯光下备课和缝补旧衣服……要离开了，脑海里过往的画面一幕一幕：曾经在村头的路口彷徨，在环村小溪边绝望，在云里雾里伤感疼痛，在破旧的教室里忙碌，在山腰梯田间感慨，在最高的山峰上心向远方……往事如烟，百感交集。眨眼间，四五年的光阴流逝了，曾经多么盼望能早点离开，离开这个枯燥艰险的地方，也曾无数次幻想过离开这里的场景——那该是多么让人兴奋的时刻啊！而今，真正要离开了，却没有原先的激动心情，也不是百般不舍的情绪，而是一种说不清楚的感慨：不悲、不喜、不增、不减。

我拿上行李，背上明留给我的吉他，朝下山的方向驶去。

漫长的暑假，我觉得该为自己的"骄傲"做点什么。受伤的果果需要更好的呵护，况且优秀的她将来肯定能上最好的大学，但高昂的学费对他们家来说就像一个天文数字……这样想着，我背上那把象征着友谊的吉他，朝繁华的城市驶去。

我想在人来车往、喧嚣繁闹的都市街头弹唱挣钱，给果果和像她一样优秀的山区学童献上自己的微薄之力。虽然，唱歌并不是我的强项，天生内向的性格更让我在车水马龙的步行街头心生胆怯，但想到为了给我们献上最美舞姿而受伤的果果，我鼓起了万分勇气，在最繁华处弹唱起来。起初并没有人理睬，直到我亮出果果躺在病床上的照片和文字介绍，深情地唱起海来阿木专门为自己逝去的女儿写的《阿果吉曲》：

有个美丽的女孩，她的名字叫作阿果吉曲莫，她清澈的眼神美过泸沽湖的水，让我流连忘返，她转过身，她甜美的笑容似阳光轻轻地暖着心房，她的善良温暖着整个村庄，我想过爸爸妈妈必喜欢，冬天终究还是来了，村庄传来忧伤的歌谣，她即将开始她的新的人生，她美丽的嫁衣，天就快亮了，我的心却哭了，酒却始终喝不醉，我不敢再看你，多一眼都是痛……是的……可思念又何曾放过我，或许有天都来不及道别，而你注定是我的牵挂，而你注定成为我的牵挂，天就快亮了……

脑海里浮现着果果与我往日的温馨画面，唱得更加激情澎湃了。

路人看到照片里可怜却坚强，泛着希望目光的山区小女孩满是渴望的面容，听着我悲凉的声音，顿时心生同情，陆续朝地上的纸箱投钱，一元、五元或者十元……零零散散竟然装了好多零碎的纸币。

人群中出现一高一矮两个二十出头的女孩，在我正前方很近的地方听得入了神，还跟着我的旋律附和起来，仿佛她们见过果果一样，也沉醉在那歌的境界中……一曲结束，高个子女孩走近我，从钱包里拿出一张崭新的百元大钞放进一旁的纸箱对我说："照片里的小女孩真可爱，故事太感人了，歌声也很动听，我为你们加油！"说着，还朝我竖起大拇指。

我来了兴致，刚要对她说声"谢谢"，便见她和同伴转身离去，消失在人群中，但她的美好形象和善良深深地刻在我的心头。

我备受鼓舞，满怀激情地继续弹唱，脑海里浮现着往日温馨的画面。果果甜甜的笑容，划过我幸福的过往；那熟悉的温暖，划过我无边的心上，她一直还在，爱曾经来到过的地方。

午夜，我背着吉他走在空荡荡的城市街道，思绪万千。整理好心情便写下了这篇《深夜感想》：

### 深夜感想

午夜后，独自一人徒步在龙江畔，晴朗的夜空没有一丝杂尘，灯火辉煌的大街依然车水马龙，寂静的夜晚没有一丝凉意，发现自己越来越喜欢这座城市了。

这样的场景、这样的漫步像在梦境一样，一眼望不到头的城市街道现在却感到如此短促。

此时的心，浪潮在翻滚，脑海里无数遍地翻阅着曾经的过往：那时的自己懦弱无为、软弱无知、狼狈不堪，所有身边人的冷眼相对，加之痛失亲人的打击已让我万念俱灰，似乎连小丑也可以对我吆五喝六，那时的我生活的信念早已一丝不剩，是一个天真可爱的小女孩（果果）给了我直面生活的勇气。

那时的疼来得比死亡可怕得多得多，我真正明白了"绝望"，也是那时，一个人孤独绝望地在漫无边际的死海里拼命地挣扎。有一天，一个声音在遥遥呐喊：天亮了。我知道，那是母亲和天使的呼唤，刹那间，我感到一阵光芒远远闪现在天的另一头。

现在的我，已从绝望的死海边缘游回，所有希望开始诞生，我回来了。

再不会把自己人生的任何一秒钟浪费在无聊中，从此以后，我生命的字典里再不会有白天黑夜的分别，不会再出现周末、休息、假期之类的字眼，在同事休憩入睡后，在朋友无聊的扑克麻将日，在旁人悠闲的谈天说地时，我要做的，是不断地去完善自己，去为自己的人生理想打拼奋斗，甚至逼迫自己打起精神，去征服一个又一个无尽的目标。

是的，不辉煌就毁灭，我容忍不了自己的人生是平庸的。

暑期里的好多个晚上，我都到热闹的街头卖唱筹钱，假期快要结束的时候，我把这兼职得来的钱悉数交到果果爸的手里，他激动得不停地向我鞠躬致谢。我嘱咐他照顾好果果，将来，一定要把果果培养成最优秀的女大学生。

我再见到果果的时候，她已经完全康复了，我们俩像多年未见的老朋友，像无话不谈的兄妹，像在台上共同表演节目的舞伴，像父女，像师徒……却已经没有了昔日师生间的隔阂与距离感。

我和果果满心愉快地又一次一起唱起了《隐形的翅膀》。我希望果果能健康快乐地成长，将来做一个对国家、对社会有用的人，我坚信她能做到。

# 老友聚会

新学期开学的前两天，我接到昔日老友打来的电话，说从前上学时玩得好的几个哥们打算搞一个聚会，联络联络感情。我已经好几年没见过那些朋友了，也想趁这次机会见见大家，我满心欢喜地答应下来。

那天下午，我一个人早早地赶到约定的餐厅门口，激动地等待着大家的到来，幻想着见了面之后的温馨场景，心里充满了期待。约定的时间过了许久，还不见老友们的踪迹，我慌了，内心越发紧张起来，却仍一遍遍地琢磨着昔日朋友如今的模样和状况。

天黑的时候，朋友们一个个陆续来到了，见到先到的人，都说太忙，路上又堵车，才来晚的。

我并不在意大家是否来迟，能来就已经很好了。十年前，我们都还是一群乳臭未干的毛头小子，如今，到场的每一个人都已不是当初的少年模样，脸上的稚气早已被沧桑取代。友人们有的自己开起了公司，有的当上了某家企业的高管……大家相见的场景没有想象中的那么热烈，只是相互寒暄几句便进入了酒局。

趁着酒意，大家的话匣子一下子就打开了，开公司的朋友财大气粗地向大家展示自己赚钱的高招，当上高管的就得意扬扬地吹嘘自己数落手下时的威风……一时间我被夹在大家近乎狂轰滥炸般的言语中坐立不安，小小山村教师的我不知该和大家说点什么，安静地坐在不起眼的角落，仿佛眼前的热闹聚会在我之外的另一个世界里。

可越是故意掩饰自己的存在，就越会被大家注意，我终也躲不过大家的特殊"照顾"，他们像约定好了一样对我的一切轮番质问："你在哪儿工作？做什么？收入怎样？成家了吗？孩子多大？在哪儿买的房？房子有多大？开什么车……"

这一连串看似再普通不过的问题却成了我此时最大的难题，我被"遗落"在大山头，收入低得可怜，没车没房，没有哪个姑娘看得上，更谈不上老婆孩子了……

看着事业有成、儿女双全、家庭富足的昔日同伴们，我很想编个美丽的大谎话挫挫他们的锐气，说自己如何如何了不起，可话到嘴边又实在脱不了口，我如实地告诉大家："我在山区教小孩读书，什么也没有。"

此话一出，如同炸弹在餐桌上爆炸一样，大家被震惊得不轻。老许惊讶地大叫一声接着说道："什么？当年老师口中读书最猛的'天才'现在竟然沦落到穷乡僻壤的山头上跟一群野娃子鬼混？你在干什么？还有没有一点奔头了？"

听他这么一说，我一时间竟无言以对，像可怜虫一样呆呆地愣在那儿。接着，大家你一句我一句，讽刺难听的话语劈头盖脸地砸向我。我的现状就是这样，就算我瞎编乱造也改变不了这个事实，可我没想到，自己的"尴尬处境"竟让大家如此不爽与愤恨。

这种状况要是放在气盛的愣头青时代，我早就震天动地般地爆发了，但此时，我只是微微低下头，任凭大家的"数落"，偶尔对他们傻笑一两声，以表尊重。我心里明白：我的人生我自己做主，还轮不到任何人评判。我恢复了平常心态，对他们的"教育"一笑而过。

回到住所，放下包袱，洗净昨日的尘埃，心向着新的山头入梦。

# 第四章 果统——燃烧激情

# 新山头，"新"学校

我将再次驻守的，是一所名为果统的偏远山头小学，从镇里出发，有二十公里弯弯绕绕、凹凸陡峭的环山土路。果统小学被建在大山包上的寨子中间，是一座用石头和混凝土堆砌起来的十分老旧的四合院，看上去就像是一百年前的古屋，整个校园十分狭小。

学校操场是被老旧教学楼包围着的一小块坑坑洼洼的水泥地，估计和一般农村人家的院落差不多大小。学校里的每一间教室，都是低矮的小黑屋，光线十分暗，四周的墙壁上，石灰早已大块大块地掉落了，露出灰色或黑色的石头；室内地面更是凸凸凹凹，走进里面，稍不留心就可能跌个四脚朝天；学生的课桌椅都是"古董"，我二十年前在老家上小学时的课桌椅都比这些规整；黑板是一块在教室前面的石灰墙上用浓厚的墨汁涂抹成的黑色面板。这块黑板，让我想起当初因为不愿意用墨汁涂抹戈它小学的黑板而对杨老师做的幼稚之举，现在想想，倍感无地自容。

学校中央场地边上，高高地矗立着一座高压电线钢架，密密麻麻的电线如蜘蛛网一般穿插在上面，即便只是斜瞅一眼，都有一种高压电流流遍全身的感觉，瞬间就头皮发麻了，可想而知：孩子们在这样的环境中学习生活是顶着多大的风险。

更糟的是，学校没有厕所，更谈不上浴室和其他功能室了。要上厕所，得穿过锈迹斑斑的大铁门，走出校园，经过一条只有拽着两旁杂草才能安全下去的狭窄阴暗的泥土梯路，再走一段刻在"悬崖"上的羊肠小道才能到达。说是"悬崖"，是因为这条小路一边紧挨着村民们高高耸起的房屋，另一边便是百尺深沟。每次如厕，都提心吊胆，小心翼翼。而这个厕所，还是很多村民共用的公厕，却几乎没有人来打扫，仅用"脏"和"臭"已经远远不能形容它的内部空间了。

我的宿舍是二楼最边上的小房间，老旧的地板虽不像教室里的那般"险峻"，却也嵌满了裂缝和小坑，墙壁上的石灰大都脱落了，如同世界地图一般；灯线是其他老师帮忙从隔壁房间接过来的，勉强能用；屋内的木床看上去已有十多年了，我想：很多优秀的前辈筋疲力尽的时候就在这上面休息的吧！听他们说，可别小看这间宿舍，它可是全校最舒服的房间哩！夏天，这里的风形成对流，很凉快；冬天，因为紧靠食堂，能接收灶炉里散发出来的热量，很暖和。我暗自庆幸自己得到这个小屋。当天晚上就忙得不亦乐乎，把这个未来的"家"打扫得一尘不染，在墙壁上贴上报纸，挂上小饰品，整个房间顿时焕然一新，真像一个温暖的"窝"啦！躺在自己整理的木床上，我竟开心地傻笑起来。

已经在山区生活了好多年的我，对眼前的环境早已见怪不怪了。这种条件的学校，有别的老师能适应，对如今的我更是小菜一碟了！

整所学校有两三百个孩子，都是本寨及周边村寨的少数民族学生。他们全都挤在这狭小破旧的四合院里学习生活，那场面，每一天都堪比春运时的火车站。

而老师只有六七个，村主任说：条件太艰苦，几乎没有老师愿意被分配在这里。文件里写的教师人数是十几个，实际却几乎只有一半。

这些我早已经历得多了，也见怪不怪了，只是心疼这里的学生，没有充足的师资，他们又怎能受到完整的教育呢？

校长忠为人热情，有担当；女老师红是忠的女友，性格开朗，乐于助人；另外两位年轻教师冬和朵也是恋人关系，来自外地，在这里已经待了好几个年头了，他们可是教学能手，甚至比城镇学校的很多老师都厉害；和我同一天来此报到的年轻教师群是个幽默的人，总能把旁人逗乐。

刚来时，我并没有因为这里艰苦的条件而失望，反而因为多了一群志同道合的年轻教师而信心满满，在这里，我找到了一种家的亲切感。我第一时间便很自然地融入这个温暖的大家庭，这个四合院也因一群有志青年的欢聚焕发生机。

# 我的新"家庭"

　　我接手的是刚正式上小学的一年级班，由于老师严重不足，我得负责这个班所有的课程的教授和管理班级的全面工作，这个重任要求自己一刻也不能懈怠。

　　第一次走进新班级，看到几十张稚嫩的脸庞和数十双满含希望的眼睛，就如同看到生机盎然的早春，孩子们就是那含苞待放的花骨朵，是祖国的希望。若将这班级比作一个大家庭，那我就是家长，有义务用尽全力支撑起这个家；如果把它看作是一条帆船，那我就是掌舵人，有责任掘空心思让它向着希望的远方扬帆起航。

　　抛弃往日的浮躁，我一门心思地把精力全部用在管教自己的"大家庭"上：挨家挨户地做家访，详细了解他们的家庭情况和每个孩子的性格特征，找到最行之有效的教育方案；给班级制定一套全面严格的班规，并把这些道德操守根植在每一个孩子的心田；认真地备课、讲学、批改作业，耐心地辅导每一个带着疑问的学生；给孩子们理发，带生病的同学看医生，关怀备至；课余，教大家唱歌跳舞、练习普通话、建设校园文化、做游戏、出黑板报、讲故事……

　　就在这一点一滴的相处中，我既成了课堂上所有学生敬畏的严师，也成了生活中每一个孩子爱戴的家长，我们的这个大家庭家教严明而又气氛活跃，正朝着梦想的方向驶去。

某个周末的早晨，我到镇上买菜，正当我在一个小摊贩前兴致勃勃地和卖菜的老大姐讨价还价时，一个整齐而有力的声音吓了我一跳，转身一看，自己班的几个孩子不知从哪儿冒出来，整整齐齐地站在我身后弯下腰鞠躬朝我喊道："老师好！"

见我没反应，孩子们仍保持庄重的神情一动不动地站在原地。

在人来车往的大街上，众目睽睽之下，我有些不好意思了，之前我也没遇到过这种情况，不知该怎么回复他们，愣了一会儿才向他们答礼："好！"

听到我的回礼，孩子们这才放松下来，齐声对我说了一声"老师再见"之后便跑向自己的父母。

回过头来，周围的父老乡亲们都好奇地盯着我，我有些紧张了，想要迅速逃离这里。

这时，卖菜的大姐叫住我："原来你是老师啊！想不到你那么受欢迎。"

我缓过神来不好意思地回答她："这有什么好奇怪的，全镇的老师有上百位呢，我不过只是山头上不起眼的一员而已。"

通情达理的老大姐似乎不认可我的话，接着说："老师是有很多，但负责任有奉献精神的好老师不多，我看你就很不错，这些菜送你啦！"

我被她说得有些不好意思了，连忙拒绝道："怎么好意思免费要你的东西？你本来就是来做生意的。"

　　她把一人把嫩绿的蔬菜塞到我手上补充说："我的孩子也在上小学，我也希望他能遇到一个和你一样的老师。"

　　我环顾四周，发现大家都向我竖起了大拇指，我不便再拒绝了，收下蔬菜却悄悄把钱放到她脚下便离开了。

　　返校的路上，我一路莫名地高兴着。

　　孩子们的那声"老师好"和老百姓朝我竖起的大拇指印刻在我心头，成了我执教路上的座右铭，激励我去做一个真正的好老师。

# 燃烧激情

某个风雨交加的晚上，我心无旁骛地坐在用多余的教室组建的简陋办公室里批改学生成捆的作业。房顶的白炽灯光招引来成千上万只长着长翅膀的飞蚂蚁，乌压压的一大片，把原本就不怎么明亮的光线遮挡得更加暗淡了。飞蚁们扇动翅膀的声音更是吵得人心神不宁，断了翅膀的飞蚁则在地面和办公桌上乱爬，扰得我心烦意乱。

住校的男孩子们见状，穿着人字拖鞋就连忙赶来帮我驱虫。一场人蚁大战在原本庄严肃静的办公场所轰轰烈烈地展开，这群课堂上被我管教得规规矩矩的男孩子一下成了左扑右擒的捉蚁能手。山里男娃们是从来不会惧怕这些小虫的，什么飞蚁呀、蚱蜢啊，甚至水里的蚂蟥全都不在话下，统统都可以被降服在他们稚嫩的"魔掌"之下。

孩子们蹦着、跳着，手舞足蹈，或是拿着扫把挥舞，兴致勃勃地与飞蚁们开展着剧烈的搏斗……很快，整群乱蚁就统统被清理干净了。男孩们"战斗"累了便跑回宿舍休息去了。办公室恢复了宁静，我静下心来继续投入到本职工作中去。

这时，善解人意的女孩们上场了，她们捧着自己精心绘制的图画走到我面前，轻声细语地对我说："老师，这是我们送你的礼物，您太累了。"说完把一张张图画放在我面前便害羞地跑出去了。

我打开一幅幅图画,有的画着花草树木,有的画着一些小动物,有的画着爸爸妈妈牵着自己,有的画着我们老旧的教学楼……每一幅图画上都写着一句她们各自想对我说的话:"老师,我爱你!""老师,您辛苦了!""老师,你要开心哦!""你是最好的老师",等等,全是充满爱意、暖人心扉的话语。

看着看着,我的心里莫名地涌起了一股浓浓的暖流,全身上下充满化不开的喜悦。虽然这些画用的纸张很随意,图画内容很单调,句子也不怎么通顺,还有一些错别字……不过,我确信,这是我生平最值得自豪的荣誉证书。想不到,这群八九岁孩子的内心那般单纯和美好。

我倍感人生在世,有许多东西比金钱甚至生命重要。我要让自己的学生们朝着更加善良和优秀的方向成长,将来做对社会有贡献的人,想到这,我倍感之前那些付出和坚守都是值得的。

那个晚上,我满心激动地工作到凌晨,这是我人生第一次彻夜奋战,却没有丝毫倦意。

天蒙蒙亮时,大地还在沉睡,只有蛙叫、蝉鸣、风过,早起的大公鸡拉开它的嗓音叫个不停,偶尔传来一声老白狗警觉的撕咬声,屋顶那只很大很大的苍蝇在蛛网丛生处拼命乱窜。茫茫大地,万物苏醒,我觉得自己是旭日升起之前天地间最靓的人。

再过一会儿,就可以看着东方泛白,置身高山,领略旭日照亮大地的光辉场景了,忙碌的季节开始了,战斗的季节也开始了。

之后的很多日子，这样的场景不断重复着，白天上一整天的课，夜晚便通宵工作，忙着备课、批改作业和处理大堆文件事务，有时，竟然可以忙碌到忘了饥饿，忘了疲惫，甚至腾不出时间去高兴、失望或是悲伤，这种日子让我觉得酸爽无比。

终于，在某个阴雨的凌晨，感冒找上了我，一时间，鼻涕不住地往外流，咽喉疼痛，浑身酸软无力……但一向要强的我怎肯轻易在小小感冒面前服软，我倔强地一次次走上讲台。

但病患没有因为我的强硬和不屑而让步，反而更加肆无忌惮地对我加大攻势。无奈，我只得拖着自己虚弱、沉重的身体到村医务室打针。这里的村医是个六七十岁的慈祥老人，他身体虽然硬朗，但两眼有时会有些昏花，我突出的粗血管他竟给我扎了三次才打进去，可也总算输着液了。

打点滴是个漫长的过程，性子急切的我心里总也放不下自己班上那几十个渴求知识的孩子，我不想因为这点小病而耽搁同学们学习新课的时间，便拖着吊瓶打着点滴像没事人一样走进教室继续给大家上课。

女教师红经过我们班教室门口的时候，看到我挂着针水给孩子们上课的情景，走进来关切地叫我去休息，说她愿意来帮我上课。可我知道，他们班也有几十双渴望的眼神盼着她呢！我故作轻松说自己没事，委婉地谢绝了她。

班上的孩子们看到这一幕，他们稚嫩的心弦似乎被触动了，已经成长起来的他们更加专心和有激情地配合着我上完整个早上的课。嘹亮的回答声和专注的眼神让我忘了自己还是一名打着点滴的病人，孩子们拼尽全力听课的样子让我觉得那是自己上过的最"轻松"的几堂课。

第二次打针我是不敢再让老村医来操作了，拿上配好的针水和针具便返回宿舍了。我找来布条把自己的左手臂扎紧，并捏紧拳头显露血管，然后学着护士的样子用右手给自己的左手扎针，咬紧牙关，一次便成功了，接着我用事先准备好的胶布固定针管，整个过程非常顺利。这虽比不上动作娴熟的护士们，比起两眼昏花的老村医第一次给我扎针时的表现却是好那么一点点的。

原以为这样就可以赶走身上的病痛了，但老天似乎不肯如此轻易放过什么也不怕的我。

由于山村药品极度缺乏，老村医配的针水很单一，加上我先前对病患处理得不是很到位，很快，我便患上了更加严重的肠胃性感冒，发起高烧，还上吐下泻，这病魔更加气势汹汹，我终于坚持不了了。

学校的其他老师都有满满的课程要上，此时，我高烧加剧，昏沉欲死，但我不想惊扰任何一位老师，更不愿让他们花时间送我去县城急救，我不忍心让本就师资力量薄弱的学校陷入没有老师上课的局面。

村医对我现在的状况已经束手无策了，半条命都不剩的我只好强忍着巨大的痛苦骑上摩托车独自往县城医院驶去。

肠胃翻江倒海般在我体内闹腾，高烧更是如烈焰般猛烈地灼烧着我，虚弱的身体酸软无力，连眨眼都那么费劲，脑袋更是如炸裂般疼痛，意识几乎完全模糊了……雪上加霜的是，在一个泥泞的弯道上，我连人带车狠狠地摔倒在地，身体多处瞬间血流不止，新的伤痛恶狠狠地想要把我朝死亡的边沿推去，但意志不允许我就此放弃，我拼命挣扎起来，用尽身体的最后一点力气扶起摩托继续朝医院驶去。

刚才的情形想想都让我后怕，如果刚刚摔伤处感染，加上严重的发烧和肠胃性感冒，这很大可能演变为破伤风，那后果不堪设想，这是我生命里最接近死神的一次。

还好，我挺过来了。熬到医院，我几乎毫无意识了，昏昏沉沉地便在急诊室睡去。

醒来的时候，我已经在住院部的房间里打着吊瓶，旁边床上的病友大哥睁大眼睛好奇地盯着我，像看怪人一样，见我醒来，好奇地问我："你病得这么吓人都没有家人陪你吗？"

我这才反应过来自己的处境，意识也有些清醒了，弱弱地回答他："没有。"

老大哥被我的回答惊掉了下巴，用不知是欣赏还是同情的目光看着我。

我模糊地想起原先骑车赶路的事情，但之后发生什么就什么印象也没有了。

这时，护士进来了，见到已经苏醒的我，一边帮我检查针水，一边一脸放松地对我说："你终于醒了，刚刚的情况好凶险……"接着她把一切告诉了我，在我失去意识之后，医护人员把我扶上病床，给我全面检查、测量体温、处理伤口，之后又进行了一系列急救措施，最后才把我推进住院病房，给我打上吊针。

她特意强调：最严重的，是那该死的发烧，竟让我体温超过40度，现在能醒来，也算起死回生了。

　　想想，自己的心还真大，都这样了还在逞强，不过这也让我心有余悸。如果遭遇不测，那我连回家的机会也没有了，还好，老天不让我这么早踏进鬼门关。

　　虽然大难已过，但小痛是免不了的。这一整个星期，我每天都要被针扎一次，每天都要向身体输入五六瓶各种各样的针水。一旁照顾自己丈夫的老大姐见我一人孤零零地躺在病床上没人照顾，每次打饭时都会给我带一份，我心里充满了感激。

　　这件事我几乎没有告诉任何朋友，对家里人更是只字未提，自己能应付的就不忍心让家人担心了。况且，相隔千里，不想也不能让母亲为我牵肠挂肚，寝食难安。

　　独自住院几天后，我渐渐恢复了往日的神采。出院后，我小心翼翼地生活，严格按照医生的嘱咐按时吃药、休息、调养……再不敢掉以轻心了，我可没有闲心和资本再让如此厉害的病魔折磨一次了。

　　慢慢地，生龙活虎的我回来了，我又一次次信心满满地站上讲台。

　　独自把气势汹汹的病魔打败的我似乎比以前更加强大了，每一天，我都激情满满地在课堂上走过每一分、每一秒。之前遇到的所有困难在我面前变得不堪一击了，连黑夜也显得不再那么漫长和漆黑了……我想这是内心极度强大的人才有的专利。

　　付出总是会有收获的，在我们大家倾尽全力的努力下，孩子们在学期末取得了连中心校学生都望尘莫及的好成绩。看着班上的孩子们如此出类拔萃，我竟像个小孩一样兴高采烈。此时，我成就感爆棚，与刚参加工作时对学生成绩漠不关心的我判若两人，我在意自己的"骄傲"了，是发自内心的在乎了。

但生活总是起起落落，有喜就有忧。由于边疆山区经济落后，很多本地人都要到外地去打工，他们的子女大多也会被带出去上私立小学。如果长期这样下去，生源流失，老师不来，这所山头小学的发展将会极大受阻。而原本就十分破旧还有高压电线的四合院危房小学更是危险重重。

两三百名学生挤在狭小的老四合院里上课，极度压抑不说，还时时面临很大的危险，我们决定为新学校的建设献上自己的微薄之力，我们教学之外的另一个宏伟计划浩浩荡荡地开展起来。

正值国家大力提倡脱贫攻坚，全面推进教育均衡发展的关键时期，果统小学新校园的建设其实已经纳入教育局的规划蓝图之中，但我们学校的新建项目似乎不过是那宏伟蓝图中一个不怎么引人注目的小工程而已，这个小工程因为财政资金的紧张而被迟迟搁置。或许这个项目对其他人来说，可快可慢，甚至可有可无，但对果统村寨几百名学童来说，一刻也耽搁不得，我们都清楚多一秒延迟就多一分威胁。

为此，我们无数次向上反映事态的紧迫性，但得到的回复永远只是：项目太多，资金短缺，不用我们瞎操心，只管坚持就是了。

我们并没有放弃。新闻里常常报道大明星古先生是位无私的建校狂人，已经捐资在祖国西南的大山里建盖了上百所乡村小学。看到此消息，我们灵光一闪，有了新的计划，如果我们把这里的情况详细告诉这位无私的奉献者，有幸得到他的资助，获取建校的启动资金，上面就不会一再推迟我们学校的修建计划了。

说干就干，几位年轻教师仿佛找到了新的人生方向，为自己心中深埋的教育梦忙碌得热火朝天：整理介绍学校基本情况的文件，收集困难学生的家庭资料，制作满怀希望的精美贺卡，用尽一切办法联系我们心中的造梦人……

终于，皇天不负有心人，古先生在得知我们学校的基本情况后，爽快地答应给我们捐助 30 万元港币作为建设新学校的启动资金，并以打款到分管我们学校的上级部门账户的方式第一时间拨款。

有了好心人捐助的启动资金，再也没有谁能够找出任何借口推迟我们学校的新建计划了。新校园选址在寨子最上面的山坡上，建筑工人风风火火地进村驻扎，推土机彻夜轰响，我们却察觉不到丝毫嘈杂，反而觉得是一曲动听的希望之乐，透过这轰响，我们仿佛看到孩子们在宽敞明亮的教室里专心致志学习的画面，那画面，让人如痴如醉。

新学校的建设让我们兴奋不已，但"野心勃勃"的我们并不满足于此，城镇学生拥有的一切教学资源我们都希望让孩子们得到。

天遂人愿。

来自上海的沈哥是位不亚于古先生的山村教育奉献者，是倾尽全力支持山区乡村办学的公益人，我们学校有幸得到沈哥的青睐。

沈哥每隔一段时间就会带着自己的团队和社会各界爱心

人士到我们学校来一次，每来一次，都会让我们学校充满一次电：数以吨计的营养品，成车的学习文具，崭新的各式校服，新学校需要配置的全部课桌椅，价值成千上万的教师办公用品……一时间，我们学校成了这里的"大户"，比许多城镇上的学校还要富有。

沈哥还为学校里善良懂事但家庭条件困难的孩子联系来好心人一对一的捐助，这让那些原本有些自卑的孩子收获了极大的鼓励，信心满满地向着自己的理想奋力奔去。

在沈哥团队的全力资助下，我们的学生再也不缺新衣服穿了。春天，沈哥给孩子们穿上象征希望的校服；夏天，沈哥给孩子们换上凉快的短衣短裤；秋天，沈哥把孩子们脚上之前一年四季都脱不下来的人字拖换成清一色的白球鞋；冬天，沈哥让暖和的小棉袄包裹着每一个孩子单薄的身体。这是好多城里的学生都享受不到的待遇。因为有沈哥，我们的每一个孩子不会因为炎热而中暑，更不会因为寒冷而冻僵；因为有沈哥，我们的学生穿戴整齐，精神抖擞，不会因为某个同学没有新衣穿而嘲笑他……

沈哥给我们学校配置的新课桌椅风格时尚，质量过硬，跟老学校的旧课桌椅简直是天地之别；给我们筹建的图书室，设备齐全，书种繁多，连一些城镇学校的图书馆都无法比拟；沈哥还投入重金，将我们新修的篮球场打造得跟正规体育比赛用的球场一模一样，这是我们全校师生，乃至所有本寨老百姓最值得炫耀的标志性场地。

很快，在沈哥和社会各界爱心人士的帮扶下，新的果统小学鹤立鸡群般坐落在祖国南疆山区的果统山腰，成为有着六七百户人家的大寨子里所有房屋中最靓的"仔",这也是当时全县为数不多的最为气派的山头小学之一。

而后,国家脱贫攻坚战略的暖风吹遍大西南山区的每一个角落,果统也成了国家投入大量资金重点建设的村寨,面貌瞬间焕然一新,家家户户在国家政策的扶持下从低矮破旧的平土危房甚至茅草房搬进了漂亮舒适的两三层小楼房,从镇上通到果统村委会的险峻环山土路变成了平坦坚硬的水泥路;原来脏臭的低矮公厕被数十个宽敞干净的新式卫生间取代;村上每隔几步路,就会遇到一个清爽干净的水池;高大气派的村公房更是不计其数,无数盏太阳能灯让整个寨子通宵璀璨,无数的电线和网线更是把这个大山深处的村寨与外面的世界拉得很近很近……

美中不足的是,从村主路通往我们学校的辅路一直还没有硬化,这是一段几百米左右又陡又弯还凹凸不平的泥土路,下雨的时候,路面变得稀烂不堪,很多孩子总会在雨天上学下学的时候摔成泥人,一身湿冷,严重的,还栽倒在垫路石块上,撞个头破血流。

这是一个严峻的问题,我们多次向上面反映情况,回应我们的,总是相同的理由:那是委会管辖的范畴,过段时间自会解决。可盼了好长时间,还是一点儿动静也没有。修路的事只能靠我们自己了,我们不得不再次主动出击。

周日的下午,我们特意买来很多食材,准备了一大桌丰盛的晚餐,然后请来村委会一众管事的人,想借请客之机,让他们把校道的问题尽快解决。

之后,村主任兑现了自己的承诺,发动村民把那曾经滑倒过许多孩子的泥泞土路修成了坚实平坦的水泥路，那天以后，即便遇到多么恶劣的天气，也再没有一个孩子因为道路泥泞摔倒而满身泥水地走进教室。

大山深处，曾经有个势单力薄的老王，为了孩子们的童年能有个安全、快乐的生活和学习环境去拼过命。我希望：我的孩子们，在长大成人的时候都能有一颗善良和感恩的心。

之后，身穿整洁校服的山区孩子们在新学校宽敞明亮的教室里认真地学习，在新篮球场上尽情地奔跑，在新图书馆里专心致志地看书，在新校道上安全地行走……孩童们脸上天真灿烂的笑容温暖了整个山头。

至此，我们浩浩荡荡的"建校大计"圆满完成，我曾经的"新学校"真正成为我们的新学校了，而且，这所山头小学再也不用面临被撤销的风险了，我们也算小有成就的人了。

站在落日余晖中新校园宽广的操场上，对面无数山头映入眼帘，我来了兴致，写下了这首《黄昏（三）》：

黄昏（三）

谁疑天际灿如辉，我言余阳不舍归。

孤星皓月对长空，浅云繁枝舞清风。

小楼初灯黑山坳，叠道延天千峰闪。

独翅催燕奔空旷，残风卷云腾西远。

一花一景一世界，一心一醉一涅槃。

# 净 土

因为痛，所以叫青春。

人的一生总是忧喜参半，没有谁总会一帆风顺。而我的人生似乎总是忧多乐少。正当我们沉浸在新校园全面建成，果统村寨的面貌焕然一新后的喜悦中时，老天又给了我一记狠狠的重拳。

冬季的某个黄昏，我接到和我相处了四年的女友凤的母亲打来的电话，说我在与世隔绝的山区工作很没出息，处了这么长时间了也不能给自己的女儿一个完整的家，让我马上离开凤，她已经为凤找到一个年轻有为、工作体面、家庭条件很优越的恋爱对象了，而且很快会把女儿嫁给他。怕我纠缠不清，最后还特别强调：这也是凤的意思。

她态度坚决，不留一丝情面。

我不敢相信这个突如其来的晴天霹雳般的噩耗，抱着最后一丝希望打电话给凤。电话那头，凤的语气很低沉，说她母亲情绪非常激动，无论如何也不可能让自己继续和我在一起了，理想很美好，现实太残忍，她也很无奈。我知道：一向善良孝顺的凤是不会违背自己母亲意愿的，她不忍心伤了母亲的心。

我再没有勇气多说什么了，更不会死皮赖脸地去缠着她，只是违心地说了一句祝福的话便挂了电话。爱情没了，我得守住自己最后的尊严底线。

我知道，我人生全部的幸福一下子就彻底清零了。

我的天空瞬间阴沉了，我的世界再也无法看到一丝阳光。那些曾经一起度过的温馨场景一遍又一遍在脑海里浮现：那些牵着手一起逛过的步行街、登过的山，一起领略过的如画的风景，那些彼此间很暖心的话语和安慰……像刚刚发生过的一样，那样清晰，那样真实，却又瞬间离我远去，消失在茫茫天际，仿佛已经是另一个世界里的画面了。

和凤的相见、相识、相爱是我生命长河里最大的奇迹。由于在与世隔绝的山头工作，自工作之初向女老师琳表白失败后，我再也没有接触过其他女生。凤是我这许多年来唯一的有缘人。

四年前，我为摔伤的果果在繁华的城市街头弹吉他唱歌筹钱时，凤被我的举止打动，主动把一张百元大钞投放在我的集资箱里，并给了我极大的鼓励，让我更加自信地在人来车往的街头放开自我，圆满地完成了先前定下的暑期目标。

想来，果果还是我和凤的小媒人呢。

凤就是当时那一高一矮姐妹花中的高个子女孩。其实，当我第一眼见到凤时，就被她的美貌深深吸引了，之后更是被她的善良折服。只是当时相见太匆忙，我连谢谢都还没来得及对她说就只得眼睁睁地目送着她的背影离去。那以后，我常常想到她，一想到这世间竟然还有那么完美的女孩就兴奋不止，可我也因她而患上了相思之苦。第一次与凤相见后的很长一段时间里，凤再也没有出现在我的世界里，仿佛她

就是那天上的仙女，下凡来做完好事就返回天宫，再也不到人间来了，这让我茶不思，饭不想，好长一段时间里，对生活充满了失望。

当一个人在生活中百般煎熬而感到毫无希望时，希望好像又一点儿一点儿地寻着路自动找上门来了。

那年初秋，我被领导安排到市里进行为期一个礼拜的班主任技能培训。再次回到我曾经上大学和弹唱卖艺的城市，像回到往日时光，这里的每一条巷子、每一条街道都还记忆犹新，曾经美好的回忆一幕一幕浮现在脑海……是多么羞涩的美好时光啊！

培训之余，我走在曾经和同窗好友嬉戏打闹的步行街，思绪万千。当我看着眼前熟悉的街景时，一个美丽的身影出现在我身旁 —— 是那个善良大方的高个子女孩，我有点儿不敢相信自己的眼睛，而她确实是三个多月前给我极大鼓励的女生，那个在我眼里比金凤凰还美丽的姑娘。虽然距离第一次见到她时已经整整一百天了，但她完美的身影、善良的品行早已深深印刻在我心上了，如今眼前的这个女孩就是一百天来让我朝思暮想、寝食难安的女神。

这次她走近我是来问路的，我哪能再错过这千载难逢的机会，激动地告诉她："反正我现在也没事，可以给你带路。"

一开始她有点犹豫，似乎早已忘记了之前跟我见过面，直到我把自己和她第一次见面的场景详尽地告诉了她。她略微回忆了一下吃惊地说道："是你啊！我们好有缘！"

我给她带路，并告诉她这是老天特意给我们安排的缘分。

有了和女神单独相处的机会，我毫不犹疑地向她要了所有的联系方式：QQ、微信、电话号码，她也爽快地告诉我，那以后，我知道了她的名字叫凤，金凤凰的凤。瞬间，我觉得自己的天空星星都亮了。

那以后，我只要一有时间，就会想方设法找各种话题和凤聊天，渴望进一步了解她。最让我兴奋的，是得知她还没有男朋友，我下定决心，把追求凤并和她一起变老当作自己最大的人生目标。

之后，我买来一辆二手车，经常趁着假期开车跑几百公里出山，只为送凤到离她家几十公里外的地方上班；我经常会在必要的时候买一些小礼物、生活用品或者药品之类的东西送给她；为了能够和凤更好的交流，我还特意买了一本《恋爱心理学》来认真研读，慢慢地，我和凤的话题变多了，她也常常会被我绞尽脑汁想出的笑话逗得开怀大笑，凤比我想象的还单纯和善良，我们像一对认识了许多年的老朋友，彼此熟悉起来。

凤成了我穷尽一生都将坚定追求的女神。每次见到凤，我都展现出最好的形象，以最饱满的精神状态和她相处。为了显得不那么随意，我也有意保持一份自己也说不清楚的神秘距离感，或者叫作挖空心思的"欲擒故纵"吧！但我对凤的感情没有掺杂一丝虚伪。皇天不负有心人，凤竟然主动约我登山、看电影、吃饭、逛街，我觉得自己的人生就快到达巅峰了。

这篇《亲爱的，你是不是觉得我并不在乎你？》就是我对凤的情感最真实的写照：

亲爱的，你是不是觉得我并不在乎你？

对的，

我没有那么在乎你，

只是每天早上醒来的时候，要先看看手机，看看有没有你发来的消息；

我没有那么在乎你，

只是吃早饭的时候，会想：你是否也正吃着我喜欢的东西；

我没有那么在乎你，

只是会在周末夕阳落下的时候，期待你也在那里，会比我来得还要早，那我会傻傻地开心；

我没有那么在乎你，

只是在拿出手机的时候，会翻出你发过来的信息，重温一下那些很温馨的话语；

我没有那么在乎你，

只是把手机放在我身边，并时不时地看看是否自动关机，是否信号良好，一遍又一遍地看，只是为了等你；

我没有那么在乎你，

只是在和朋友聊天的时候，不厌其烦地提起你，将那些也许他们都早已烂熟于心的记忆一遍又一遍提起；

我没有那么在乎你，

只是在逛街的时候，在心里一遍又一遍地向你介绍我已经开始慢慢熟悉的风景；

我没有那么在乎你，

只是在听歌的时候，偶尔会被某句歌词击中，脑中出现短暂的空白，然后想着学会了，以后能唱给你听；

我没有那么在乎你，

只是在喧闹的时候，常常一个人默默地走到安静的角落，要不然，我怕我会寂寞，会一直想你；

我没有那么在乎你，

只是想每天都能看看你笑的样子，听听你的声音；

我没有那么在乎你，

只是在夜里，会对着你的照片，回忆我们的经历，把心事化成文字，记录点点滴滴；

我没有那么在乎你，

只是在别人无意提起你时，常常愣在那里，想你最近是不是还像以前一样开心；

我没有那么在乎你，

只是常常会和你发一些无理取闹的小脾气，只是为了让你知道，我在生气，只是想让你哄哄而已；

我没有那么在乎你，

只是在你伤心时，会担心是不是有人陪你，是不是有人哄你开心；

我没有那么在乎你，

只是在睡前把关了的手机重新打开，渐渐地就养成了晚上不关机的"毛病"；

我没有那么在乎你，

只是在每一次醒来的时候，第一个想到的，总是你……

我很少主动打电话发短信给你，不是我不想，而是我不敢，不知道你在做什么，不知道你是不是在忙，不想打扰到你，所以选择握着手机等待；

我不敢对你说"我想你"，更不要说其他甜言蜜语，我会做的，只是陪在你身边，在你开心的时候、难过的时候、孤单的时候、无助的时候，其实我很坚强，我也想要做你避风的港湾，想要在你偶尔脆弱的时候做你的依靠，想要一直一直守护你的笑容……

很多话，不说，是因为觉得你都懂，很爱很爱的感觉，是要在一起经历了许多事情之后才会发现的。

亲爱的，其实我很在乎你！

只是我不说而已。


那年冬天，凤答应和我一起去滇西旅游，这是我有生以来遇到的最幸福的事了。

我们一路向西，趁着凤心情大好时，我鼓足勇气问她喜欢什么样的男生，她没有回答我的问题，而是低下头羞红了脸，然后轻轻地把自己的手主动搭在我的手上……电流流遍我的全身，这是我近三十年人生里最幸福、最有成就感的时刻，也是我生命里最重要的时刻。

接着，在苍山脚下、洱海边上，在崇圣寺三塔，在双廊古镇、丽江古城、在木府，在雪山脚下，在拉市海……留下了我这辈子最幸福的脚步。我确信眼前这位身穿粉红连衣裙的美丽可爱又略显羞涩的女孩，就是我这一辈子必将用生命守护的人。

在丽江的日子，我和凤相依在古城的温馨小院，观看根据史实在这里拍摄的电视剧《木府风云》。被剧中主人公的爱情故事打动的凤不住地流眼泪，我在一旁不停地为她擦拭。她告诉我，她渴望的就是木增和阿勒邱之间那样纯粹的爱情，我又何尝不想呢？

那几天，我们不断循环播放的电视剧主题曲《净土》成了我们的定情之歌：

传说中有一片净土，住着古老的民族，每个人都能歌善舞，他们从不孤独。传说中有一座雪山，白云在山顶飘浮，一个梦反反复复，只想让你默默地领悟，哦啊依哟，啊依哟，啊依耶！哦啊依哟，啊依耶！传说中有一片净土，在太阳的那边住，一颗心不再飘浮，只想回到梦中的小屋。哦啊依哟，啊依哟，啊依耶！哦啊依哟，啊依耶！哦啊依哟，啊依哟，啊依耶！哦啊依哟，啊依耶！传说中的净土，我们唯一的出路，曾经模糊的幸福，越来越清楚。哦啊依哟，啊依哟，啊依耶！哦啊依哟，啊依耶！哦啊依哟，啊依哟，啊依耶！哦啊依哟，啊依耶！哦啊依哟，啊依哟，啊依耶！哦啊依哟，啊依耶！

我得到了凤的欢心，也得到了他们全家人的认可，那段时间，我真真正正成了他们家的一员。在我心里，他们一家人是我在异乡的亲人，也是我愿意用生命去守护的人。

之后上千个日夜，是我人生最辉煌、最幸福的日子，我和凤像所有浪漫的情侣那样，在漫山遍野开满梨花的加集寨赏花，在午后阳光明媚的公园里散步，在风雨交加的傍晚相互搀扶，在所有阳光灿烂的日子里欢笑……似乎没有谁可以夺走我们的幸福。

　　我坚信自己可以用生命去守护我们之间的爱情，用尽全力照顾凤一生一世。

　　可好景不长，现实总是太残酷。

　　后来，文件、表格和规定渐渐多了起来，山区教育变得繁杂不堪，好长一段时间里，我抽不出时间去见凤，她的母亲多次打电话来责备我，说我根本不在乎自己的女儿。但山头老师极度缺乏，我们每天要面临从早排到晚的课程，还有堆得比山还高的文件要处理（最严重的是，一个月之内竟然有上千个通知和文件要应对，我们到上面去递交学生按手印的承诺书和各种表格文件竟然要用小货车才装得下）。一天下来，脑子剧烈地痛，目光呆滞；很多个工作结束的晚上，嗓子沙哑得讲不出话来，咳血也成了家常便饭……

　　我一直抽不出时间来补救或许已经出现裂痕的爱情。终于，凤母失去了最后的耐心，态度坚决地给了我两个选择：要么辞掉工作回到凤的身边，要么立刻离开凤。这是我一生中面临的最大难题了，要我离开凤比叫我去死还难受。但，我带的班级很快就会从果统小学毕业，这个班是我从一年级起就带上来的，可以说又当爹又当妈地带大，一直负责孩子们几乎全部的课程，还得全程教育他们做人的道理和社交礼仪，监管他们的生活……我想要圆圆满满地把他们送出果统学校的大门。我若现在离开，必将成为人生最大的遗憾。一时间，我陷入了两难的境地。

　　凤母见我没有离开山头的意思，觉得是我不够爱自己的女儿，是个极不负责任的人，对我十分失望，便极力阻止我和凤的交往。电话那头，隔着几百公里我都能感到凤母的强硬和决绝。

事已至此，我只能万般无奈地接受现实了。

《木府风云》里，木增为了阿勒邱可以毫不犹豫地放弃江山和生命，而我却没能为了生命中最重要的凤放弃自己的山头阵地，我没有兑现曾经许下的山盟海誓，我就是个十恶不赦的坏蛋，或许一辈子也不配拥有爱情和幸福吧！

失去凤，我就像失去灵魂一样。天空昏暗了，只剩下灰白色，仿佛周围的一切都在恶狠狠地威胁着我，时时做好要将我杀灭的准备。我全身颤抖，像躲避灾难一样战战兢兢地逃回自己的小屋，用力锁死门，像没有骨头支撑一样瘫软在冰凉的地板上，目光呆滞。

这间小屋里，摆满凤送给我的礼物：怕我受冻，亲手为我缝制的绒毛背心；去外地出差时，特意给我带回来的纪念品——八音盒；担心我缺乏锻炼，给我准备的体育器材；怕我去城镇里讲公开课穿得太寒酸而为我量身定制的西服和皮鞋……我不敢再睁眼了，心仿佛被烈焰炙烤着，每一秒钟，都像好几个世纪那么漫长。

周围的一切都死寂下来，那些风吹草动似乎是另一个世界里的场景。冬日的晚上异常冰冷，我却丝毫察觉不到，死一般横躺在地上，连眨眼的心情也没有了，我的世界末日来得猝不及防。此时的大山头，如天牢般阴森恐怖，漆黑的小屋连空气也凝固了，孤寂狂潮般袭来。心底的凄凉似乎永远没有尽头了，全身如烈火灼烧般疼痛，却越演越烈。无边天际下，竟然没有一个地方是归处，我将一个人面对那数不尽的无眠之夜，就如歌里唱的那样：

## 一亿个伤心

烟灰已堆满床头，酒杯塞住下的楼，唯一照片已经被猫叼走，早知道这么难受，我绝不会让你走。已经泪湿了无数个枕头，我总想找个理由，回到相遇的前头，就当我们从来不曾分手……我曾以为我可以，忘掉你给的所有，可是我总会莫名的泪流，早知道这么难受，我绝不会让你走。已经泪湿了无数个枕头，我总想找个理由，回到相遇的前头，就当我们从来不曾分手……

在小屋让眼泪和无眠折磨了整整一个通宵的我憔悴得离死已经不远了，但现实不会因为我的失意而朝好的方向发展。我拼命挣扎着起身，拍去身上的灰尘，艰难地洗漱和调整状态，因为教室里还有几十双渴望的眼睛在盼望着我呢。我不想让孩子们看到自己狼狈不堪的样子，我必须装作什么事情也没发生过，像往常一样激情满满地给孩子们上课。

走进教室，虽然心疼痛得无法呼吸，但我还是竭尽全力把自己的状态调整到最亢奋的状态，拼命拉大嗓门带着学生们朗读课文。但心情根本不受自己控制，悲伤拼了命地攻击我，好像极度想看到我痛不欲生的样子，当它如潮水般涌上心头时，我故意背对着大家或找个借口走出教室，极力阻止悲痛的猛攻。当我奋力咽回涌到眼眶的泪水后，又把情绪调整到最佳，一次次打起精神返回讲台上课。那些日子，孩子们虽然看出了我的奇怪，却没有察觉到我的悲苦，这算是我对本职工作最大的敬意吧！

而在同事和旁人面前，我更是"装"得和往常一样，成功地骗过了所有人。那段日子，我最大的成功便是没有让任何人看出我的凄凉。

我常常一个人找个安静的角落发呆，对着小花小草流眼泪，向天空和白云诉苦，也告知轻轻掠过的风儿自己的无奈……而那时的花草虫蝶、风雨云雾也很自然地成了我最知心的朋友。每当夜幕降临，我会抱着自己，在昏暗的角落，对着影子呢喃！那昏暗的角落，有着归属感，而影子，也是最好的倾诉者，后来我知道，这份情绪，是孤寂。

纵然如梦似幻，我却愿你遁入世间，哪怕只能触及一丝山泉河流的光芒，已是毕生所愿。当我想你的时候，心疼得眼泪快要滴下来的时候，抬头看看天空，想起你已走遍人间的每一处风景，虽未长相厮守，却也会笑出声来。

爱之生，心悦而喜，无所畏惧；

爱之老，经年琐事，念念思量；

爱之病，执手泪眼，万般不舍。

……

周末，我一个人呆呆地坐在长条石铺成的陈旧的台阶上重复播放着伤感的《红雪莲》。没有风，偶尔飞来几只小虫划过模糊的视野，留下淡淡的弧线；汽车的喇叭声从远处飘来，很快又消匿在另一个远处；西沉的红日睡意蒙眬，懒懒地趴在前方的山梁上。此刻的心，从未有过的孤寂，却仍把一副若无其事的表情抄袭在呆板的脸上，我不知道自己究竟在做什么，冷到疼痛的时候也只能无助地发呆，连空气也在低声哭泣，冷冷的……

　　两天后的元旦晚上，当所有人都沉浸在喜悦的气氛中时，我却一个人找了个偏僻的角落沉思，脑海里，过往的一幕一幕像放电影一样呈现出来：我曾经最美好的爱情，最知心的兄弟，最暖心的场景……都永远成了过去，再也回不来了。此时的我，心空落落的，显得那样苍白，觉得自己的人生挺失败的。而立之年的人了，还什么也没有，同龄人的孩子都快上幼儿园了，自己却连个女朋友都守不住。同事们都建立起了温暖的家让父母安享晚年了，而我却还整日让自己的父母操碎心。想想，我真觉得自己是个十恶不赦的不孝子。平时不抽烟的我，现在一包接着一包抽了起来。此时，天空被璀璨的烟火照耀得五彩缤纷，而我却孤寂无比，仿佛，自己已被隔离在这个花花世界之外了。

　　正当我心情跌落到谷底的时候，母亲给我打来电话。电话那头，母亲关切地问我元旦怎么庆祝，过得好不好，工作称不称心，和女朋友相处得怎么样了，什么时候回家……

　　我不想让母亲再为我担心，我告诉她：我一切都非常顺利，身体很好，心情也好，工作称心，和女朋友相处得十分温馨，现在自己正在和一大群朋友庆祝元旦呢，叫她不要为我担心。

　　母亲这才放心地挂了电话，但电话这头的我，眼泪又来了，我倍感自己什么都没有了，是全天下最失败的人。在低落的情绪中，我又熬过了整整一个无眠的夜晚，在这举世欢庆的日子里。

　　可是，我深感对不起我的母亲。从小到大，母亲把自己的一切完完全全地给了我：我上高中时，母亲舍不得出三块钱车费而独自骑行20多公里的自行车去为我开班会；我上大学时，母亲自豪地亲自送我到千里之外报到，还是为了省钱，那一晚，和我们挤在简陋的男生宿舍，第二天替我交完学费，又把自己兜里剩余的几乎所有零钱给了我，而她自己饿着肚子回到家时，只剩下可怜的两毛钱；我工作了，母亲不顾自己的安危，伤痕累累地送我到车站，对载着儿子远去的列车张望了一次又一次，泪水已顺着满是皱纹的脸颊流下；我工作后，为了知道儿子生活得开不开心，工作顺不顺利，母亲不顾自己晕车的极大痛苦，硬生生地熬了几百公里的山路来看我；工作之初，我想趁闲余时间投资友人的公司赚点额外收入时，一向节俭的母亲把自己全部积蓄毫不犹豫地给了我，在被骗个精光之后，看着灰头土脸的我，母亲非但没有责骂，反而心疼地安慰；当我的岁数一天天增长着却一直找不到另一半时，母亲万般心急地到狮山为我烧香拜佛，求取姻缘，却不顾自己早已苍老羸弱的身体……我永远也原谅不了自己，在母亲某次询问我对象找得怎么样时，我十分不耐烦地告诉母亲，叫她不要管我的闲事，说了许多过分的话，母亲的心一定被我这个不孝子彻底伤透了。后来，我时常在梦里见到母亲独自在黑暗的角落里抹眼泪，为她这个不成器的儿子。

母亲的一生，点点滴滴都是为了我，流下的每一滴眼泪和汗珠都是因为我。而我，从没有回报过母亲什么，哪怕只是一点点一滴滴；从没有让母亲发自内心地笑笑，哪怕只是一丝丝一毫毫；从没有真心实意地在乎过母亲的感受，哪怕只是一分分一秒秒……反而，时时刻刻让母亲为我担心、牵挂、难过、失望、伤心、流泪……

我错了，不该不想不愿让她伤心，以后我也一定要把自己的一切给母亲，无论岁月如何漫漫，我都要陪母亲走过以后的每一分每一秒；无论母亲在别人眼里怎样平凡，我都要把她当成生命里最大的宝，永远站在她这边，去反驳任何一个无论以何种理由对母亲不友善的人；无论将来我取得了怎样的成绩，那也一定尽数归于母亲的功劳。

余生，我会用尽全身力气去实现母亲的心愿！

# 破茧成蝶

想要从失恋的苦境中走出来是不容易的，而此时，老天再次给了我一记重拳，似乎誓要把我彻底解决。

临近期末一个雾雨朦胧的晚上，正在房间批改作业的我被隔壁女生宿舍急促的哭泣声惊到，我急忙跑过去。眼前的一幕让我彻底傻了：三四个平时顶调皮的中年级男生在女生宿舍欺负一个小女孩，一人扯着她的头发，另外的人对她拳打脚踢，用巴掌猛扇她的额头，还把女生宿舍里的被子床单扯得满地都是。其他女生都被吓傻了，待在一旁不敢出声。我连忙喝止了男孩们的恶劣行为，并让他们马上向小女孩道歉，其中三人都照做了，唯独那个看上去很叛逆的男孩似乎并不服气，双眼恶狠狠地瞪着我，把我的话当耳旁风，他那让人很不舒服的蔑视眼神和毫无悔意的表情彻底将我激怒了，我对着他呵斥，并在他屁股上重重地踢了两脚，然后拽着他的衣服把他拉回男生宿舍。这一次，他害怕了，"哇"的一声大哭起来，眼泪哗哗地淌出来，与刚才趾高气扬的样子判若两人。我心软下来，叫他像男子汉一样收回眼泪。但看着这个平时顶调皮的捣蛋鬼大哭不止的样子，我的心瞬间软下来了，眼前的他刚刚还让人如此气愤，现在却怎么也谈不上讨厌和痛恨，我知道：放纵他就会害了他，想让他健康成长就得教育他，作为教师，我只能选择后者。他现在埋怨我、憎恨我都是可以的，但我不允许自己的学生在眼皮底下肆意妄为、目中无人。

我以为这事就结束了，但更加严重的后果早已在等待着我了。

被我踢了屁股的男孩心里有气，给他爸爸打电话哭诉，声音颤抖，神态悲苦，完全一副受了天大委屈的样子，边说还边加大了哭声。

男孩的爸爸听到儿子受到这样的虐待，哪里还淡定得了，但因太晚，离学校又太远而赶不过来，便拨通了我的电话。还没等我开口，电话那头便传来恶狠狠的臭骂："你算哪门子老师，我的孩子是送来给你们教育的，不是让你打的，你算什么东西……"

我承认踢他儿子是有些过激，事后想想心里也十分不是滋味，我的学生也是我的孩子，踢了他，我的心也会疼，也很自责。加之他在电话里听到儿子哭得一塌糊涂，我能想象，作为父亲的他一定火冒三丈，想要立刻撕了我的心都有。所以，面对他的臭骂，我只是羞愧地承受着。我知道，此时，我做任何解释都无济于事，相反只会增加他内心的不满。

似乎是觉得我认怂了，他更加尖酸刻薄地咆哮起来："你一个外人有什么资格来我们这里教书，你也配当老师，简直是个笑话，我要到上面举报你，把你开除，让你滚蛋……"这些话已经深深越过了我尊严的底线，我的心疼得在流血。

许久，他骂累了，嗓子都沙哑了才丢下最后一句话："你给我等着，我会让你付出双倍的代价。"这才不情愿地挂了电话。

整个过程，我都强忍着，不对他做任何反驳，也没有中途挂断他的电话。我可以为此承受一切，只要不让家长和老师之间的关系进一步恶化而影响到孩子的正常学习和生活，那我也算补过了。

可事情并没有结束，通话结束后，他每隔三五分钟便给我发来一条威胁短信。并截图把自己上传到朋友圈的动态发给我看，下面还有许多他朋友的评论：什么狗屁老师嘛，虐待孩子；他也配和我们称兄道弟，呸！（这些人里面，好多都是本寨子外出打工的人）……整整一个通宵，我手机短信的铃声不断响起，每听到这个声音一次，我的情绪便崩溃一次。尽管我没有为自己做任何辩解，但我被他逼得开始怀疑自己的人品了：难道我真的是一个一无是处的人吗？

寂静的深夜，天地间仿佛只有我一个人了，没有朋友，没有亲人，没有知己……就自己一个人在他乡默默地承受这样的孤独和无助。整整一夜，一闭上眼睛，心便被烧得滚烫，火辣辣地折磨着人。这烧心的滋味，比万箭穿心比用刀猛刺还让我难受。

此时的我，眼神里流露出来的全是悲伤，而不是愤怒。

我的脑海里浮现出过往的一幕幕，我在这个地方快五年了，我把自己能给的全部都给了这所小学，青春、精力、容颜……每一天不遗余力地付出，生怕自己教的学生比别人慢半拍，就算得了重感冒也要打着点滴给孩子们上课；对生病的孩子耐心呵护，细心照顾；卖力地配合公益人给孩子们捐资赠物，为了学生的安全满身泥土地抬石铺路……而现在，得到的却是这样的回报，我怎么也不敢想象，这就是我所面对的现实。我目光呆滞，心泪却像泛滥的河水一样奔流而出。为什么那么多的人对山村老师如此愤恨和无视？我累了，真的累了！

凌晨，我想到自己的学生，从当初进校上一年级时，连123都不会的孩童，到现在能够流利地读完几十万字小说的半大孩子，一直是我在全程教授他们，他们可能不是全镇成绩最好的学生，但一定是最听话的孩子。五年来，我倾尽全力教育他们孝顺父母、关爱同学、上进有礼貌……一个人把一个大班级从进校带到学成即将离校，让班上最调皮的孩子都变得懂事有礼貌，而且是在离乡镇最偏远的山头上，这在全镇都是绝无仅有的。想到这，我疼痛的心稍稍舒缓了一些。

我还曾经为孩子们写过一篇小散文：

### 孩子，别哭！

别哭了，孩子，坚强点，知道吗？老师爱你们。一声"抬起头来"，所有的脑袋自觉地仰起；一声"看黑板"，所有的眼睛紧紧盯着我的笔下；一句"不许走"，所有的脚丫没有一双移动……你们总非常乐意地帮老师做事，总不厌其烦地听老师讲道理，总大方地把自己最心爱的礼物送给老师。知道吗？这在成人世界是不可能发生的，在这里，老师第一次成为焦点，在这里，老师的话被认真对待，在这里，老师的举止笑貌被在乎……

知道吗？孩子，是你们的单纯让我感到自己的存在是多么伟大，让我明白自己的坚守是多么值得！孩子，别哭了，老师的心和你一道，我们要在知识的海洋里创造一个个神话。

　　天亮的时候，我淡然下来。我想，只要对得起自己的本心，多大的侮辱和威胁又有什么好惧怕的呢？我整理好心态，从容地等待着将要来临的攻击。

　　次日一大早，男孩父亲纠结了几个壮汉，怒气冲冲地赶到学校。见到坐在讲桌前的我，他当着全班学生的面，先是撕扯着嗓门大喊："今天你必须给我一个交代。"说完还做出一副像是要把人吃掉的样子。

　　经过一夜冷静的我已经恢复了正常，对眼前的暴力威胁毫无惧色了。身为教师，身为孩子们的引路人，我想：即便自己当场被打得趴在地上动弹不得，我仍会拼尽全力站起身，而且内心依然坚如磐石，更不会去阿谀求饶，我只想让孩子们看到善良和威严的力量，让他们亲身体会到正义不会因为威胁而倒塌，信念不会因为威胁而动摇，我也不会因为猛烈的谩骂而把错的硬说成对的。

　　我淡然地对他们说："我接受你们的威胁，你们的恐吓我也统统收到了。我错了，我会改，你心里有气，想踢回来也是可以的，但不要被一时之气扰乱自己的判断，还有，不要进一步恶化课堂氛围，这对孩子的成长不利。我们到外面解决，别影响孩子们上课。"

　　他们似乎根本听不进去我说的，继续在我们班教室里大声谩骂，有人喊道："开除他，开除他！"

　　这样的场面对我来说已经不是什么生死考验了，我泰然自若地坐回讲桌前，对他们的叫嚣无动于衷。这时，男孩父亲忍不住了，用食指指着我恶狠狠地朝我走来，好像要将我撕碎的样子。我仍然一动不动地坐在原地，眼看迅猛的拳头就要落在我身上了，这时，我的学生们纷纷跑过来围住我。他们虽然被刚才的场景吓得发抖，但仍然战战兢兢地守着我，生怕我遭到拳击。女孩们哭着央求他们："请别攻击我们老师，他是最好的老师了，求你们了！"男孩们则做出一副将要战斗的样子。

看到这一幕，我暖声地安慰孩子们："老师没事，别担心，他们跟我开玩笑呢！"

正在这时，学校其他老师赶了过来，纷纷劝说这群人。他这才冷静下来。他们决定今天暂且不追究，但不代表以后不找我算账，临走时不忘对我丢下一句狠话："我跟你没完，走着瞧！"

我无所谓地回答他："随你吧！"

我也不知道自己还将面临怎样的危险，但对此时的我来说，真的已经无所谓了。

第二天，我接到领导打来的电话，还没等我开口，电话那头就响起了严厉批评的声音："作为一个老师你怎么能随意打骂学生呢？还有点为人师表的样子吗？老师队伍的形象都让你毁了……"我想说点什么，却又觉得毫无必要了，最后，电话里传来一句如同烙印在我心头的话："记住，死一个老师都不能伤一个学生，这是原则底线问题。"

那几个夜晚，我天天彻夜苦思：难道我真是一个一无是处的坏家伙吗？难道我不该严厉地管教他家孩子吗？

周末结束回到教室，眼前的一幕把我的心都暖化了：讲桌上放着一个包装精美的大礼盒，旁边还有几十封孩子们写给我的感谢信。见到我走进教室，他们齐刷刷地站起来对我说道："老师，您辛苦了，祝您快乐！"

此时，心被寒冰冻住好几个昼夜的我脸上第一次不由自主地挂上了久违的笑容，我语气轻柔地招呼大家坐下。看着眼前这几十张天真灿烂的脸，我莫名地感慨：五年前，我第一次见到他们时，都还是一个个稚嫩的幼童，今天，都已经是懂得心疼师长的大孩子了。五年，仿佛又是一瞬间，所有曾经和孩子们相处的点点滴滴都历历在目，就像刚刚发生过的一样，但，那确实是过去很久的场景了。

那节课上，我带着大家回忆起我们之间的故事：兴致勃勃地为头发长的男孩理发，打着点滴给孩子们上课；雨水把通往学校的道路弄得稀烂的时候，我带着大家像老农民一样奋力地抬石修路；停水的时候，男同学主动到很远的地方帮我提水；上海的好心人捐赠衣服时，我兴奋地帮大家穿上新衣服；儿童节时，我像个孩子一样快乐地带着大家一起做游戏；某个离家远的孩子生病时，我焦急地给他烧来热水……我们一起举行过的晚会、唱过的歌、画过的图画、朗诵过的古诗，孩子们深情地为我唱过的每一首歌、写过的每一封感谢信……每一个场景都记忆犹新。不知何时，整间教室里，男孩们沉默不语，女孩们低声哭泣着。我想那所有曾经的过往也一定清晰地印在他们心里。我很自豪，自己能给那么多的孩子一个美好、充实、轻快的童年，想到这，我沉重的心情慢慢轻快起来。原来，我并不是恶汉口中十恶不赦、一无是处、毫无教养的坏家伙，孩子们真实的眼神就是最好的证明。

我放下了心头沉重的包袱，坚定地告诉大家："我会一直陪伴大家，直到你们从这所学校毕业，我也不忍心中途抛下你们。"

听我这么一说，孩子们瞬间破涕而笑，开心地对我说："太好了，老师，我们不能没有你！"

原来他们担心我受到恶语相向后会愤怒离去。看来，孩子们真的长大了。"不能没有你"便是对我多年付出最大的回赠，有这句话就已经够了。连日来心头的阴霾渐渐消散，我突然间找回了真实的自我。那个一心向阳、无所畏惧的我终于又回来了。

最后我用这件事教育大家："暴力是解决不了问题的，斗狠只会让原本紧张的局面陷入不可收拾的境地，最终两败俱伤。只有尊严和修为可以化去敌意，归于圆满。另外，当害怕不奏效的时候就无须害怕了，失望不起作用的时候就别再失望了，只有信念坚定的人才会获得心安理得的踏实，而且生活只会对心无旁骛的人笑脸相迎。"

同学们似懂非懂地点了点头。

放学后，几个平时顶内向的小女生鼓足勇气把我叫到操场正中心，特意为我献上一支她们排练已久的舞蹈——《听我说谢谢你》：

送给你小心心，送你花一朵，
你在我生命中，太多的感动，
你是我的天使，一路指引我，
无论岁月变幻，爱你唱成歌，

听我说谢谢你，因为有你，

温暖了四季，谢谢你，感谢有你，

世界更美丽，我要谢谢你，因为有你，

爱常在心底，谢谢，感谢有你，

把幸福传递……

我不善于表达，眼泪却不知什么时候盈满了整个眼眶。在最偏远的山头陪伴他们整整五年了，我确信：这是我收到的最大的奖励证书。

一直无眠的我终于可以入睡了，凌晨醒来，大地还在沉睡，大公鸡却叫个不停。近三十年的人生，回忆历历在目，那些喜悦的日子，那些举步维艰的岁月，那些刻骨铭心的很多个夜晚，那些激情，那些孤独，那些彷徨……今夜，依旧是我一个人，在广阔的天际下，看夜、听风、发呆……没有恨，没有抱怨，没有离殇，心境如此清澈，远方还有一个期待了很久很久的梦，让我一直在路上，一直还在路上，因为害怕黑夜的追赶，不敢停息，那些曾经让我痛彻心扉的绝境，那些让我彻夜难眠的无数个孤独的夜晚，那些感伤、那些冷落、那些愁苦……今夜似乎都化作一团熊熊烈火，在内心最深处点燃，前方，那个梦想依旧璀璨，我依然会用尽全身力气去靠近它。我是个俗人，有私欲也有不满，可今夜，我祝愿天下有情人终成眷属，祝愿每个人梦想成真，祝愿"山"不再高、不再陡、不再凉、不再险……

我用坚定的信念和强大的内心撕碎了那一个个看似坚不可破的绝境，并在最短的时间里从失恋和无端谩骂的凄凉境地中破茧而出,全身心地投入到迎接期末考的备战中去,我把自己的每一秒钟都用在本职工作上面。我发现,那些伤感和疼痛似乎有意躲开我了。这时,我才恍然大悟:我追寻了一生的不再痛苦的方法原来是信念坚定地为了自己既定的目标而激情满满地忙碌到忘我的状态。

当你用积极乐观的心态去面对生活的时候,不用刻意去强求,生活也会还你一份重重的厚礼,至少我的真实经历就是这样的。

一个礼拜后,当我带着班上同学们考得很好的期末试卷返回果统学校时,眼前的场景惊呆了我 —— 凤竟然仙女下凡般伫立在我们学校门口。我不敢相信自己的眼睛,觉得那一定是幻觉,但幻觉是不会那样真实的。眼前的美丽姑娘正是凤,那个我发誓要守护一辈子的女孩,却也是被我弄丢过的女孩。

我呆呆地定在原地,手里的大捆试卷什么时候滑落到地上也不知道,脑海早已被眼前的这个女孩装满了。凤见我忙完期末事宜归来,眼里满含泪花,却不敢靠近我,只是静静地等候在原地,望眼欲穿地看着我。许久,我才恢复了神志,轻轻地对她说了一句:"你是怎么来的?"

她眼睛直直地盯着我,然后便像小女孩一样"哇"的一声大哭起来。

我连忙心疼地招呼凤回屋,帮她擦拭眼泪,此时,我的脑海里一片空白。我不知道眼前的场景算什么,一时间竟然一个字也说不出口了。

许久,凤恢复了平静,从自己的背包里拿出许多东西,并一件一件向我展示:"这是你送我的热水袋,有了它,我的手再也没有被冻僵过；这是我生日的时候你送给我的小熊，我每天晚上都要抱着它才能入睡，就像你在我身边一样，心里踏实；这是你为了哄我睡觉，彻夜为我朗读的故事书，我失眠的夜晚，你一直要读到凌晨两三点，待我入睡后，你才肯放下它；还有……"

凤如数家珍般摆弄着满满一大包礼物，眼泪早已如小溪般流淌着，我傻傻地坐在一旁，只知道心疼地帮她擦拭流个不停的眼泪，却不知道该说些什么。

这时，凤突然号啕大哭起来抱紧我说道："我不能没有你！"

看着自己最心爱的女孩大哭不止的样子，我也想陪她大哭，把一直以来埋藏在心底的眼泪统统流光，可心情却莫名地愉悦起来，她说"不能没有我"，我的凤又回来了，原来，她一直都在。

凤也曾经跟我来过这所小学，但是我带她来的。这次，她一个女孩子跑这么大老远的路，来到这与世隔绝的深山老林，一定吃了不少苦，而且是顶着多大的风险啊！想到这，我更加用力地抱紧她，生怕下一秒她就要消失一样。那一刻，我在心底立誓：用尽自己的一切守护凤一生一世。

好一会儿，凤拿出一个厚厚的本子——那是我用自己班上的孩子们给我画画的纸张做给自己的奖励证书，这证书里，有孩子们精心为我绘制的山水画，有各种小动物，有房屋，也有孩子们发自内心祝福我的话语。我在最中间画着爸爸妈妈牵着孩子的一幅画上粘着一个戒指，我本打算用它来向凤求婚的，可后来却……

凤特意翻到这一页，深情地望着我说："你还愿意把这个戒指亲自给我戴上吗？"

这算是求婚吗？我确信：一定是！

我毫不犹疑地为凤戴上这枚历经坎坷象征一辈子的求婚戒指，并和凤久久相拥。

凤坚定地告诉我，以后无论谁阻拦，都不会动摇她和我在一起的决心，她也会全力支持我在边疆的工作，未来，她会义无反顾地奔赴我在的山头，和我一起续写支教传奇。

被女神求婚，和女神长相厮守，我想，人世间没有比我更成功的男人了。那些讥笑过我数十万次的人（笑我无能永远被"整"在大山头啦！教这么多年的书连个好学校都进不去啦！什么事情也做不好啦！三十岁的人了连个女朋友也找不到啦！工作不好，什么也没有啦！永远在最底层啦……），再也没有机会嘲笑我了。

第二天清晨，我用梦境激发出来的灵感写成了这首小诗：

### 光尘子（三）

天微微亮，树叶沙沙作响，大地睡意蒙眬，我的梦境，刀光剑影，一夜厮杀，铁蹄踏过疆场的每一寸肌肤，冲破凌晨的寂静，天边的彩霞，万马奔腾般涌来，碾碎残存的睡意，东升的旭日光芒四射，让封存的激情冲破云霄。

意志撕碎疼痛，铁拳砸烂障碍，忙碌压平烦琐，深思扫净蒙尘，钢铁身躯，置身天地间，当征东伐西，江湖笑傲。此生无悔，蓦然回首，你眼角的泪水静静流淌，征途毕，吾心归，愿化清风，默默拭去你的忧伤！

几天后，不知是良心发现还是别的什么原因，之前对我恶语攻击、百般侮辱的恶汉家长特意找到我，诚恳地向我道歉，说自己当时太冲动，做得实在太过分了。他带着自己的儿子去过被欺凌的小女生家，那女孩见到欺负自己的人还心有余悸，那可怜兮兮的样子让他心生愧疚。他也意识到：如果现在不教育自己的儿子，将来只有监狱和刑场来管教，他反思了自己的错误行为，希望我不要放在心上。

我淡然地告诉他："过去的不快就让它永远过去吧！不要一味地偏袒溺爱孩子，将来用正确的方式教育他们才是最重要的。"

我心里清楚，作为老师，我不能让孩子们受到一点儿伤害，而且会奋不顾身地去保护他们。但，我也容忍不了熊孩子的肆无忌惮，容忍不了校园欺凌的无限蔓延，那对学生自己、对他们的家庭、对整个学校，乃至对整个社会、整个国家都是一种伤害。

严冬过去了，之前所有的不快并没有让我消沉、畏惧和逃避，反而让我在工作的不顺和失恋的痛苦中找到新的力量，使我重获新生。我重新燃起对生活的热情，继续激情满满地投入到本职工作中，取得了一个又一个傲视旁人的成绩。

悲痛过后，希望在荒芜的土地上一点儿一点儿地生长出来了：花台里自然生出的、长得如此艳丽，甚至发着光的香草；宿舍门前，过去三四年都未曾长高的盆景如今竟然长得如此野蛮、凶猛、疯狂……绝境之后，希望之光越来越近，恰似结束漫漫长夜禁锢的欢畅黎明，不远处，渐渐透出耀眼的光芒，不多久，整片大地必将生机盎然。那曾经无数次流下的悲伤眼泪必将汇聚成欢乐的海洋，那曾经数不尽的暴风雨和磨难必将堆砌成充满幸福的坚固城堡，母亲就是那幸福城堡的主人，满心欢喜，安度晚年。

春天来了，新学校门口那棵百年老树开满了白色的小花，这棵树伴随我们整整三年了，只知道她时刻盯着我们，我却从来也叫不出她的名字，一直以来都没发现她的好。当初还因为她硕大的身躯遮挡光线而希望村民们把她砍去，新学期开学的那段时间竟然意外发现：她的清香是我之前在其他任何地方都从未体验过的，一向喜欢冬天的我第一次如此热烈地期盼春天的到来，而今，春，真的来了。

老树满身的香花吸引来成千上万只各种各样的蝴蝶，把天空装扮得五彩缤纷，我盯着树梢，似乎自己也成了那翩翩起舞的花蝴蝶中的一员了，尽情地享受着大自然赋予的精彩……

我知道：只有保持永不放弃的坚定信念和对生活积极乐观的心态，才能悟到永恒的人生真谛！

补记：

转眼间，我已经在祖国南疆最偏远的大山头上待了整整十年，我在这些山头上度过了自己最后的青春。十年来，我从一个无知的后生小辈成长为一个视责任为生命的师者；从一个胆小浮躁的懦夫变成一个信念坚定、不畏艰险的勇者；从一个见利忘义、脾气火爆的家伙成长为一个淡泊名利、心态平淡的人。当初遍布全身的怨气如今早已消散殆尽，那些污泥般的尘垢再也不会从我身上找到……

如果我们的坚守可以让街道上多一个见义勇为的好青年，少一个毫无良知的小偷和骗子；让将来的岗位上多一个责任心极强、技能超高的优质员工，少一个投机取巧的懒汉；让家庭多一个勤劳善良的孝子，少一个好吃懒做的败家子；国家多一个有担当、有血性的栋梁之材，少一个毫无底线与原则的"墙头草"……那我想，我们的坚守和付出都是值得的。

如果将来我有幸能有个亲生女儿，我会告诉她：那些羞涩胆小的山区小女生在你父亲的指引下变得开朗大方，学识丰富；那些调皮叛逆，甚至无法无天的山里娃们在你父亲的奇招教育下变得温文尔雅、善良明理……你的父亲不是警察，却为我们的社会多一个助人为乐的好青年，少一个无知的罪犯做过应有的贡献；你的父亲不是医生，却曾经用一壶壶热水温暖过许多生病孩子的心田；你的父亲没有从政，却一直有一颗为人民服务的奉献之心；你的父亲不是富豪，却帮助许多山区孩子走出大山去创造自己的财富而倾尽绵薄之力；你的父亲不是科学家，不是工程师，却用微薄之力指引了许多将来的祖国栋梁走出人生最重要的第一步；你的父亲更不是明星大亨，但他的职业是太阳底下最光荣的……希望自己的孩子为她的父亲所做过的一切发自内心的骄傲。

我不后悔当初的选择，即便，我用生命里最年富力强的时间并没有换回一丝一毫世人眼中所谓的成就，但始终坚信，我的选择是正确的。正如父亲说的那样：世界上有多少种工作，就得有多少人去做，你不做我不做，我们的世界又怎能和谐繁盛呢！

但，十年来，我也深深地体会到边疆山区最底层教育工

作者的艰辛与无奈。

其实，长年累月地生活在最偏远艰苦的山头，生活物资的贫乏、交通通信的闭塞、硬件设施的欠缺、水电供应不足等都已是些微不足道的小问题。

我害怕的，是学生家长、教育监管员对我们工作的误解，总以为我们欺负了孩子，想要像对付仇人一样来对付我们；我害怕，山区的孩子因为得不到足够的教育资源而厌学、辍学，成为社会的危害而不是国家的栋梁……

我只是这万千山区教师中不起眼的一员，那些比我付出多得多的山头老师数不胜数。

我希望有一天，偏远山区的教育得到实实在在、真真正正的重视；我希望有一天，山村教师也能够真正成为教育的主人，去全身心地把最优秀的文化知识传授给孩子们；我希望有一天，山村教师也可以在会议上畅所欲言，并对那些极不符合实情的命令说"NO"，而且，这些来自普通乡村教师的声音能得到应有的重视和回应；我希望有一天，文件和世人对我们不再是露骨的苛责或随意毫无底线的攻击；我希望，山头教师可以和其他老师一样，在同一片天空下呼吸同样的空气，我希望我们的希望能够成真！

即便同龄人都已被生活的艰辛磨平了棱角，我依然想向世人发出偏远山头教师的声音……

# 第五章 我的演讲

# 剑遥十年

大家好！

十年前，从大学校园走出的我满心不甘地远赴边疆，开始了漫长的山头教师生涯。朋友们常常嘲弄我说："嗨！王大帅，有出息了，山里的童子军好带吗？"……我总会被他们戏耍得羞红了脸。

初入边陲的我总感到这不顺心，那不如意，儿时玩伴小学没毕业就已经闯荡了大半个中国，我念完大学，却天天待在山头当孩子王，我图啥？

刚工作的那两年，看着身边的好友同事一个个辞职走人，到山外面的世界去打拼自己的事业，我不免心中浮躁，幻想着自己的人生有更好的出路，总是一个人找个安静的角落傻傻地发呆，对本职工作毫无进取之心。那时，我的成绩一向不如人意，心里却没有半点的自责与不安，还总一副高高在上的样子。那两年，我的生活一塌糊涂。

随着时间的流逝，我慢慢适应了这里的生活，甚至爱上了这里。我开始问自己：别人承受得了的为什么自己承受不了？别人做得到的为什么自己做不到？

后来，我不停地反思和自责。我要向讲台道歉，因为我在这个神圣的地方怠慢过；我要向同事们道歉，因为我曾无视过你们；我要向曾经的学生和父老乡亲道歉，因为我让你们失望过……在此，我要感谢这个地方，感谢所有的人和发生过的每一件事。在这个五花八门的世界里，这个物欲横流的时代下，这片圣土不但给了我一个纯净的归宿，更让我在自卑和泪流满面的时候，能够和大家一起舞蹈，用笑容驱赶无尽的孤独和恐惧。让我从一个无知懦弱的后生小辈成为一块玉，一块可以发光的玉。

再后来，有了第一次打着吊瓶给孩子们上课，却满怀从未有过的激情；第一次，为了能按时赶回学校，冒着风雨，走在上山的路上，信念从未有过的坚定；第一次，为了某个生病的孩子四处求医问药，而从未有过的着急；第一次，为同学们课堂上嘹亮的回答声和作业中取得的好成绩而欣喜若狂；第一次，为工作中出现的小小失误而懊悔不已……曾几何时，我的心早已和这些天真的孩子们紧紧连在了一起。也似乎，如果少了这一份牵挂，我的生命将会失去色彩。

当孩子们从自己身边走过，能停下身来，鞠躬，然后喊"老师，您好！"时，我自豪！当我安排一项平时孩子们根本不会去做的事情（比如说，给自己的妈妈洗一次脚），第二天，孩子们都齐刷刷地向我汇报，他们做到了的时候，我自豪！当寒风凛冽的晚上，我独自一人在办公室批改作业，有心的孩子悄悄地走过来小心翼翼地送上自己精心绘制的图画，并写上"老师，我爱你！"的时候，我自豪！

如今的我，懂得了教育的意义。教育，不但要让孩子们获取课本文化知识，更要让他们懂得做人的道理和对事物的深思。要让他们知道：自己一个随意的违纪可能给别人造成多大的麻烦；自己一些小小的坏习惯将会酿成多么严重的后果。要让他们对自己的行为达到最高规格的约束；让他们在见到有需要帮助的人时，第一时间伸出援手，并为此感到幸福快乐，而不是在一旁幸灾乐祸；在看到小鸟飞过枝头的时候，想到的是人与自然和谐发展，而不是想方设法把它干掉；在看到蜻蜓站立在荷叶上的时候，能够诵出"小荷才露尖尖角，早有蜻蜓立上头"的优美诗句，明白它的深意，而不是二话不说，一块石头就砸了过去。

这个社会，什么都可以浮躁，唯独教育不可以；谁都可以浮躁，唯独教育工作者不可以。教育，是立国之本，是强国之基。我们所做的，是要让山区的孩子明白：我们身后，有一个强大的祖国——中国；要让山区的孩子同其他所有地方的中国孩子一样，有民族自豪感和责任感。我们所做的，是为祖国的下一代修心哪！

孩子们是单纯和善良的，他们是我们的未来。我希望自己的学生将来出人头地，创造辉煌的成就，却更加迫切地盼望我的后辈能够健康快乐地成长，并永葆一颗善良的心，对父母要孝，对师长要尊，对朋友要真。人生在世，总有一些东西比金钱甚至生命重要。我希望有一天，当我筋疲力尽的时候，能够听到我的学生发自肺腑地叫自己一声"老师"，让我得到无上的激励，去坚守那份别人觉得傻得白痴的执着；我希望有一天，当我被问到自己的职业和工作地点的时候，能够满心自豪地向对方炫耀：自己在祖国最神圣的地方从事太阳底下最光荣的职业，并得到应有的尊重……山外的世界是很精彩，而我，却在大山深处找到永恒的人生真谛，久久舍不得离去；殴师辱师的事件偶有发生，教师被诩为危险的职业，而我，从未像现在这样坚定自己的从教信念；儿时玩伴或在商场如鱼得水，或在政途春风得意，而我，希望尽自己的绵薄之力做好本职工作，希望所有人都有一颗善良和感恩的心。

我们是地球上最庞大的族群，将来我的祖国也会是世界上最强大的国家。我只是个俗人，但我相信：真正的祖国强大不只是我们的一线城市有多繁华，还是祖国边疆山区的村村寨寨都富庶幸福；真正的祖国强大，不只是我们的明星大亨有多光鲜亮丽，还是那无数山里的孩子脸上都挂着幸福的笑容；真正的祖国强大不只是我们的财力怎样领先世界，还是我们的氛围能够温暖每一位热血青年的心，让我们激情满满地为祖国的建设废寝忘食、筋疲力尽，甚至奄奄一息……

# 蝴蝶效应（愿景）

世人给了山头老师应有的尊重，上级给了山头教师更多的话语权，全社会给了山头教师充分的认可和不至于太卑微的地位……

五湖四海的优秀青年纷纷自愿远赴边疆支教，山区教育欣欣向荣！